Valeurs féminines

Admettre et oser croire

Jean Pierrot Dimanche

Révision, suivi, maquette et distribution

Commination Plus ..... Livres

complusa@yahoo.com

Couverture

Patrice Ivens Mathieu

Dépôt légal 12-04-158

Bibliothèque Nationale d'Haïti

Achevé d'imprimer en mai 2018i

IBSN 978-99935-32-61-3

©Jean Pierrot Dimanche, 2012 révisé en Novembre2022

jeanpierrotdimanche@gmail.com

Tél. (509) 3731-3587 & (509) 3845-2809

A ma mère, Anne Varda Jean...

pour le bénéfice de sa grande vision...

l'héritage de sa pensée profonde...

« Savoir choisir et retarder mes satisfactions. »

A la mémoire de mon père, Louis O. Dimanche
pour m'avoir laissé deux grands héritages immatériels...
ce que j'appelle :

> *le respect de la femme et une très bonne réputation.*

Enfin je dédie ce livre à tous les hommes

qui voient d'abord chez une femme

une amie, une sœur, une collègue et une mère

avec ses valeurs individuelles

avant qu'elle soit un amour.

A tous ceux qui les comprennent et les respectent,

ceux qui savent que devant elles,

ils n'ont jamais raison.

AVANT-PROPOS

Chers lecteurs, je vous félicite d'avoir ouvert ce livre ! En faisant ce geste, vous avez pris la décision de voir ou de revoir cette femme qui est votre amie, votre sœur, votre collègue et votre épouse d'une autre façon. Je veux dire de la façon dont vous devriez la voir depuis très longtemps. En lisant ces pages, vous avez maintenant décidé de la mettre à sa juste place afin de former un foyer vivable, une société unifiée, dans lesquels existe une communication cohérente.

Nous les hommes aveuglés par nos faiblesses décrites dans les dernières pages ce titre que nous croyons souvent être de la force, les femmes sont victimes de notre part de toutes sortes de maux, d'abus et d'injustice.

Moi, je réalise qu'au lieu de leur rendre justice en faisant la guerre aux hommes qui parlent d'elles en de mauvais termes, il est plus sage de partager avec eux mes réflexions et encore plus utile de les porter à mieux comprendre leurs valeurs.

Je veux vous parler des valeurs comme celles qui se trouvent en Nicole, le personnage principal de ce livre, mais aussi en d'autres femmes exemplaires telles que : Agathe, Vashty, Marguerite Henry, Esther, Tatiana et la sœur du Président. Ce sont ces merveilleuses

Femmes que je vous invite, amis lecteurs, à découvrir à travers les pages de ce livre.

Hommes ! Vous êtes-vous jamais demandé : « Où existait la femme avant la Création ? »

A mon avis, cette question n'est pas simple. Avant de répondre, prenons ensemble un exemple.

Pour confectionner des chaussures et des valises, outre les produits d'hydrocarbure, le cordonnier se sert de peaux d'animaux séchées. Il traite ces peaux dans une tannerie en y ajoutant des éléments chimiques jusqu'à ce qu'elles deviennent des tissus sains et propres à la confection des chaussures et valises qui vous rendent élégants. Par analogie, pour créer l'homme, DIEU, le confectionneur, se sert d'une matière première qui s'appelle la poussière du sol. Après l'avoir traité en ajoutant toutes sortes d'éléments divins, IL obtient un tissu sain et propre, auquel IL ajoute encore un dernier élément appelé sanctification. De ce tissu sain, il forme un produit sanctifié fait d'énergie et de lumière qu'il appelle : Homme.

Vous, qui ne vous vous êtes jamais posé cette question sur l'origine de la femme, essayons ensemble, par la pensée bien sûr, de revoir le scénario.

Lorsque DIEU eut terminé la réalisation de l'univers physique, dont le nôtre qui est sans nul doute le plus merveilleux, IL constata qu'il LUI manquait un élément pour parfaire son œuvre. Après avoir mûrement réfléchi, Il réalisa en fin de compte que c'était l'homme qu'il LUI manquait.

Pour son plaisir, sa gloire et aussi pour son besoin, Il prit de la poussière du sol et le créa avec de multiples facultés et de grands pouvoirs. Quand il eut fini, Il fut content et il rit. Il dit : *L'Homme est la plus parfaite créature de toutes celles que j'ai déjà faites.*

Malgré toutes les richesses mises à sa disposition sur la terre où DIEU le place et malgré tout le pouvoir que le grand Créateur lui a conféré, l'Homme est terriblement triste. Il pleure. Il gémit. D'une voix forte il appelle son Créateur et Lui dit : *Maître ! Après m'avoir créé tu t'es réjoui. Avec moi ton œuvre est parfaite et merveilleuse alors que je me sens incomplet.* Il lui pose les quatre questions suivantes :

Pourquoi mon esprit est-il troublé ?

Pourquoi mon corps, cette œuvre la plus complexe que tu aies faite, me donne-t-il des problèmes ?

Pourquoi tout en moi a soif de quelque chose que j'ignore ?

L'imperfection existe-t-elle alors dans la perfection ?

Voyant que DIEU ne lui répondait pas, finalement il l'implora.

O Dieu ! Veuille me guérir, s'il te plaît, car je me sens complètement malade.

DIEU, voyant alors sa souffrance physique, sa solitude, ses maux de toutes sortes et sa propension à la folie, prit pitié de lui. Il le fit dormir. Il prit une partie de lui et forma son complément qui le guérit soudain de tous ses maux et qui lui épargna, du même coup la folie.

Cette complément (*permettez-moi cette apposition du genre féminin au genre masculin*) change rapidement sa peine en allégresse, sa solitude en bonheur et son désarroi en équilibre. Depuis lors, ses maux ont disparu, sa triste mine s'est muée en éclats de rire et sa descente vertigineuse vers la folie s'est convertie en une totale stabilité. *Cette* complément de l'œuvre régénératrice des forces dont l'homme se réjouit, tirée d'un produit propre qui a été déjà traité et sanctifié par DIEU, porte le nom d'un être exceptionnel qu'on appelle FEMME.

Parallèlement à sa guérison physique, l'homme a vu naître en lui deux autres forces magiques :

Premièrement, sa force morale qui lui rappelle ses devoirs envers son foyer natal, la terre.

Deuxièmement, sa force spirituelle qui lui dicte ses devoirs envers son Bienfaiteur.

Fait remarquable, la deuxième force ajoute des mots nouveaux à son vocabulaire et change sa verve en poésie. Cette force s'intensifie tellement que son cœur exulte d'une joie indescriptible. Avec des mots d'adoration, il commence à exalter le nom de son bien aimé Créateur. Depuis, il admet que la femme est cette partie intime de lui-même de laquelle il ne pourra plus se séparer.

Sa spiritualité devient incontournable et dogmatique. Avec ardeur il se dispose à faire la volonté de son Bienfaiteur qui lui donne ce cadeau magique et très précieux. L'homme Le remercie. Il Le loue pour cet élixir de jouvence. Il Le glorifie pour cette eau magique qui le désaltère quand il a soif. Ce que l'homme aime le plus dans cette eau c'est que, rien qu'en la buvant et la rebuvant chaque jour, elle lui donne encore et toujours cette soif, même lorsqu'il a soixante-quinze ans et que son corps n'y peut rien. Enfin, il psalmodie le nom divin du Créateur qui vient de lui donner cette envie de vivre et cette force pour mener tous les combats de la vie. Cette eau spéciale qui le désaltère et qui lui fait craindre la vieillesse, porte un seul nom. On l'appelle : FEMME.

Avant la création, l'homme n'était nulle part. Il n'était dans aucun tissu déjà sanctifié fait d'énergie, de force et de lumière. Il a souffert de tous ces maux parce qu'il est directement originaire du sol. Par contre la femme elle, après sa création, n'a enduré aucun de ces maux aigus dont l'homme a pâtis. Elle est originaire de : Force, Beauté, Énergie, Lumière et Vie. Car elle est tirée de l'homme, premier produit sain qui a déjà été sanctifié par DIEU. C'est pour cette raison qu'on l'appelle encore FEMME.

LA PREMIERE LETTRE DE SON NOM EST SYNONYME DE : FORCE

À l'ouest de l'Inde, sur le territoire le plus reculé du Royaume de Juda, se trouve une petite république appelée République d'Haïti. À 234 kilomètres au sud de sa capitale et à 18° 18′ 10″ de latitude Nord, et 74° 13′ 10″ de longitude Ouest, se trouve une petite ville, qui s'étend sur une superficie de 11,704 hectares, située juste en face de la Jamaïque, dans la péninsule de Tiburon.

Elle est peuplée de fils d'esclaves déportés des côtes d'Afrique lors de la traite négrière, ces Judéennes et Judéens au teint noir, de race royale venus principalement d'Éthiopie, du Dahomey, du Ghana, de la Guinée équatoriale, du Togo, du Congo, du Bénin, de la Guinée Conakry, du Sénégal, du Rwanda et de la Guinée Bissau. Cette ville, *dont les habitants portent encore au fond d'eux-mêmes les gènes de la fidélité envers Toussaint Louverture,* par son panorama luxuriant et sa position géographique entre mer, océan et rivière, ressemble for étonnement aux anciennes villes de la Mésopotamie. Elle s'appelle « Les Anglais ».

En automne de l'année 2002, mes supérieurs hiérarchiques de l'institution où je travaille m'envoyèrent dans le sud du pays pour une mission de contrôle dans leur 25ᵉ succursale sise à la deuxième plus grande rue des Cayes, ville superbe par son panorama et la tranquillité de ses rues.

Pendant mon séjour, un parent de ma femme originaire des Anglais qui avait eu son exeat après quinze jours passés à l'hôpital *Bonnefin,* a sollicité mon aide pour retourner chez lui, dans sa ville natale. Même si c'était un devoir en raison du lien de parenté, c'était également une opportunité pour moi de visiter cette ville côtière afin de découvrir ses charmes et de lier connaissance avec ses paisibles riverains.

Arrivé dans la ville qu'on appelle « Les Anglais » ou « Aux Anglais », j'ai été reçu, au numéro 12-A de la rue Saint-Joseph, par une Judéenne aux cheveux blancs comme de la laine, âgée de soixante-quatorze ans du nom de Marie Nicole Faubert. Appelée affectueusement tante Cole, elle était contente de me recevoir sur sa terre natale. Elle me regarda de ses yeux toujours vifs dont la vue n'était pas affaiblie par le temps. Elle me fit visiter la ville avec son neveu qui habitait tout près. J'ai parcouru les rues pavées de la petite ville. J'ai contemplé la mer au bleu d'azur si profond. J'ai vu des pirogues abandonnées sur le rivage. J'ai vu sa belle Eglise peinte en jaune, son commissariat, ses boutiques. J'ai marché sur la place d'armes autour de laquelle se trouve le marché. Mais je n'ai pas vu de restaurants, ni de pharmacies. Après cette promenade, je suis rentré à la maison et Nicole a commencé à me raconter l'histoire de sa vie.

Pour vous conter sa merveilleuse histoire et pour mieux vous décrire les traits de son caractère, je me suis reporté soixante-huit ans en arrière, en l'année 1934. Elle avait seulement six ans en ce temps-là.

Née le 30 septembre 1928, Nicole est orpheline de mère. Son père, Jean Charles Faubert, qui a cinq enfants, un garçon et quatre filles dont Nicole est la dernière, est allé vivre ailleurs depuis la mort de sa femme. Il n'a laissé aucune trace. L'adolescente est recueillie par Mathilde, l'aînée de la famille, et son mari Hesbal avec qui elle a eu deux enfants avant leur mariage. Ces derniers sont déjà à l'école chez les sœurs de l'Immaculée Conception. Mathilde n'est pas belle comme ses trois autres sœurs mais, elle a un buste attrayant avec des seins excitants et des yeux aux couleurs de tamarin, très beaux à voir.

Il était courant que certains officiers d'état civil de l'époque ne sussent pas trop bien ni lire ni écrire. Les postes de responsabilité leur étaient échus en vertu de leur allégeance politique au Maire de la ville. Ce qui explique que, même lorsque les noms et prénoms des nouveau-nés leur étaient soumis par écrit pour être retranscrits sur les actes de naissance, ils les écrivent avec erreurs. Pour effectuer la correction, il faut un jugement qui coûte aux habitants une petite fortune équivalente au prix de vente d'un bœuf.

Les parents de l'époux de Mathilde voulaient l'appeler Escobal. Mais l'officier d'état civil a écrit Hesbal au lieu d'Escobal sur l'acte de naissance. On ne sait pas, jusqu'à ce jour, si c'est par ignorance, si c'est une faute préméditée, si c'est dû à une défaillance physique ou à l'action de quelque force mystérieuse.

Ce nom qui lui est injustement attribué, avec lequel il a fait son bonheur, et dont il est aujourd'hui très fier, est pourtant une déformation de Esh-Baal qui signifie « l'homme de la honte » en langue araméenne.

Jalouse, ambitieuse, Mathilde est possessive et extrêmement superstitieuse. Cependant très religieuse, elle sert avec ardeur ses anciens dieux Baal à qui ses descendants de génération en génération ont juré allégeance. Dans la forêt de bois de campêche, d'acacia et d'acajou qu'elle possède sur la montagne appelée Petite Samarie, elle s'est fait construire un petit péristyle où elle récite ses oracles et fait ses cérémonies vaudou. Parmi les prêtres vaudou au nombre de cinq qui officient au péristyle, il y en a un qui est très jeune, bien musclé, et beau visage. Mathilde avait beaucoup d'affection pour lui à cause de son éloquence et de sa ferveur. Quatre fois par semaine elle se rend au péristyle. Quand son mari, jaloux du jeune prêtre, tente de s'y opposer en prétextant la distance, elle jure trois fois par Samarie, nom de l'un de ses dieux, et elle lui dit :

— Ne sais-tu pas que Samarie signifie « seigneur de la montagne » en langue araméenne ?

Pour elle, c'est ce dieu de la montagne qui fait grandir les arbres de la forêt d'où elle exploite le bois de campêche qu'elle expédie à Cuba par bateau, le bois d'acajou qu'elle expédie à Port-au-Prince par camion pour la fabrication de meubles. Elle en est fière. Elle considère le fait que le nom du dieu qu'elle sert avec son cœur et son âme soit Baal, « *dieu des orages, propriétaire de domaine et maître* », exprime clairement la nature de ses activités.

Se cogner la cheville contre une pierre ou la racine d'un arbuste est pour elle un signe maléfique. Une migraine vers les dix heures du matin, sans tenir compte de ce qu'elle avait mal dormi, signifie que quelqu'un a l'intention de lui faire du mal. Chaque jour elle embaume ses enfants du parfum Florida. Lors des fêtes patronales ou des manifestations culturelles qui réunissent toute la communauté, tous les membres de la famille s'embaument du parfum *aoussarabia* dans le but de dévier toutes attaques maléfiques, de quelque côté qu'elles puissent venir, ou de déjouer toutes mauvaises intentions que quiconque pourrait nourrir.

Grand propriétaire terrien par ses liens matrimoniaux, Mathilde cultive en abondance du riz qu'elle exporte vers d'autres lieux ; puis, des bananes, des pommes de terre. Elle fait l'élevage de gros et menus bétails qu'elle vend au marché local. Des revendeuses et des grossistes venus des localités environnantes, s'approvisionnent chez elle. De son commerce, elle tire de gros bénéfices. Avec une partie du revenu de ses ventes, elle a monté une boutique dans laquelle elle vend de l'huile d'olive, du savon, du beurre, des gâteaux, du tafia, du vin et d'autres boissons alcoolisées. Le soir elle convertit une partie de l'espace en un petit Bar où les plus nantis de la ville et ceux des localités environnantes viennent se divertir et discuter des mêmes sujets dans un ordre différent.

Dans ce Bar, le service est payable d'avance au guichet. Au consommateur qui s'y présente, la caissière remet une petite carte qui mentionne le nom et la quantité de boisson, puis celui-ci passe à l'autre bout du comptoir pour réclamer son breuvage à Mathilde en personne avant de regagner sa place. Tout le monde est heureux car, recevoir un verre des mains du propriétaire est plus qu'un privilège. Les hommes en profitent pour regarder ses beaux yeux couleur de tamarin. Les plus braves osent en profiter pour lui dire quelques mots doux car le bruit court que le mari n'entre plus en érection pour elle depuis ses escapades avec sa voisine Carole. Cette dernière aurait fait quelque chose pour qu'elle soit plus douce que Mathilde. On l'a entendu jurer que le mari de Mathilde sera définitivement à elle et à elle seule. Cependant tous les hommes qui fréquentent le Bar craignent un peu de trop s'aventurer. Ils se contentent de tourner autour d'elle à cause de son allégeance à son dieu Samarie et son attachement au jeune prêtre vaudou qu'on dit être son amant. Deux ans plus tard, la boutique se changea en épicerie. Pour la bonne marche de ses multiples activités, Mathilde engage une nouvelle caissière toutefois elle continue d'utiliser Nicole comme domestique au lieu de lui attribuer au moins les vertus d'une servante en mémoire de sa sœur défunte.

A l'école des sœurs de l'Immaculée Conception de la ville, les frais d'inscription sont de 125 gourdes et les frais d'écolage pour l'année entière sont de 1000 gourdes, ce qui donne la somme de 1125 gourdes. Les frais d'inscription plus les frais d'écolage annuels à l'école nationale mixte des arts et métiers Toussaint Louverture qui se situe de l'autre côté de la ville sont de 1045 gourdes. Pourtant, Mathilde ainsi que ses deux autres sœurs et son frère ne parlent jamais d'instruction ni d'éducation à Nicole.

Mathilde et son mari Hesbal ont d'autres hectares de terre arable du côté de La Chêne, Constant et Latiplin qui produisent toutes sortes de denrées alimentaires telles que des légumes, du café et du cacao qu'ils vendent au marché local. Les revenus servent à l'entretien de leur maison et au paiement de l'écolage de leurs enfants.

Ils confient leurs domaines à des gérants qui, sous le regard vigilant d'un notable de la ville qu'ils ont mandaté, partagent les moissons en deux parties égales. La première partie est confiée à Nicole, maintenant âgée de 13 ans, qui doit la rapporter à la maison. Le quart de la seconde partie est pour l'achat des semences et le reste revient aux gérants.

Sur la route vers sa maison de servitude familiale, elle dirige deux ânes attelés l'un à l'autre et chargés des moissons de sa grande sœur, son maître. Aujourd'hui 30 septembre 1941, jour de son anniversaire, il n'y a rien de particulier. Comme d'habitude elle se presse de rentrer pour préparer le dîner avant le retour de l'école de ses neveux et nièces. Un jour, en revenant des champs, une grande tristesse l'envahit. Elle pleure. Des larmes mouillent ses yeux. Je l'ai vue en colère. Elle pousse des cris sortant de ses entrailles qui se déchirent.

O Ciel ! Pourquoi ma mère est-elle morte ?
Dieu ! Pourquoi acceptes-tu que je souffre ainsi ?
Est-ce ça mon école ? Les champs ? La terre ?

Après avoir séché les larmes qui ruissellent sur ses joues, ses forces lui reviennent et elle affronte les problèmes comme une héroïne. Au lieu de se laisser abattre par les humiliations, elle les défie car elle refuse de vivre sans pouvoir rêver au bonheur. Elle se dit : « *Quand je serai plus âgée, je montrerai à ma sœur aînée que j'étais plus grande qu'elle, et pourquoi pas, plus grande aussi que mes autres sœurs, bien que je sois aujourd'hui plus petite.* »

Pour aller chercher les denrées alimentaires sur les habitations La Chêne, Constant et Latiplin, elle ne doit jamais utiliser l'une des deux ânesses de madame Hesbal, elle lui dit qu'elles sont là seulement pour le transport du riz des zones de plantation. Quand c'est la saison des céréales, elle doit harnacher les deux ânesses et le mulet d'Hesbal afin de transporter le plus de riz possible. Malgré cette vie de servitude, elle ne permet jamais à sa sœur aînée d'étouffer son courage. Elle veut vivre en tant que femme, en tant qu'être humain fait de chair et de sang. Elle refuse de se considérer comme une victime. Elle refuse de se prendre pour un paria afin que la vie ne la mène pas là où elle n'aurait jamais voulu aller. Elle s'accroche fermement à ses propres valeurs.

Lorsque, fatiguée, elle ne peut plus parcourir des kilomètres pour recueillir les récoltes de Mathilde et qu'elle lui demande la permission d'utiliser l'une des deux ânesses, mieux vaudrait pour elle, que Mathilde la gifle au lieu de proférer de si grossières injures.

Malgré tout, elle garde sa force intérieure. Quand parfois, elle est sur le point de faillir, motivée par son rêve, elle rassemble ses dernières forces physiques et morales pour continuer à vivre. Trois fois par semaine, elle continue à prendre la route des plantations vivrières et rizicoles.

La vie de Nicole se durcit mais naîtra-t-il une lueur d'espoir en sa faveur ?

Pour contrôler son mari, Mathilde n'autorise personne à lui donner à manger. Le menu préparé spécialement en sa faveur est celui agréé par son dieu Baal. Depuis leur dernière dispute concernant Carole, sa voisine, dotée d'un corps exceptionnel et d'une allure agaçante, ils sont devenus heureux comme deux tourtereaux. Son mari, autrefois, tantôt sauvage tantôt calme, est devenu sage comme une image. Il est devenu tellement amoureux de sa femme que les gens de la ville se demandent si les temps ont changé et quel genre d'élixir madame a pu donner à monsieur pour le rendre ainsi.

De cette idylle juvénile, autrefois perdue et qui vient de renaître, naissent deux jumeaux. Depuis, en plus de ses activités journalières, Nicole va souvent à la rivière pour lessiver des linges d'accouchement de madame et ceux des nouveaux-nés qui doivent lui être retournés aussi blancs qu'ils étaient. La pauvre, par quelque grâce divine, Mathilde est toujours satisfaite de ses linges qui lui sont retournés blancs comme du lait de brebis.

La maison de Mathilde est située près du presbytère de l'Eglise catholique Immaculée Conception dont le clergé se compose du curé italien Antonino Borelli, du prêtre marocain Jordan Larfeuille et du prêtre français Marty Le Touré. Il y a une servante du nom de Jeanne. Jeanne mange à sa faim et boit à sa guise car la nourriture, non seulement est très appétissante, mais abondante. Jeanne se porte bien. Elle va à l'école du soir, et étudie en classe élémentaire II. Le dimanche elle va à la messe dans l'après-midi et suit des cours de catéchisme.

Par un heureux hasard un mercredi, Nicole et Jeanne se rencontrent au marché de la ville et un lien d'amitié se tisse entre la jeune fille et l'adolescente. Nicole va, dès qu'elle peut, au presbytère voir la servante, sa nouvelle et seule amie qui lui laisse parfois un morceau de gâteau et de savoureux petits « pâtés chauds ». Nicole est contente car elle rêvait toujours d'y goûter car l'odeur alléchante provenant de la cuisine des prêtres flattait depuis très longtemps son odorat. Dans leurs conversations, Jeanne met toujours ses connaissances en relief en lui parlant de Bohécio, d'Anacaona et du *Français par les textes*, alors que Nicole n'entend jamais parler du livre *Ti-Malice aux pays des lettres* de Jacqueline Turian Cardozo, encore moins de catéchisme.

La visite est cependant à sens unique car Jeanne n'est pas autorisée à fréquenter les personnes de son entourage par crainte d'une liaison amicale quelconque ou d'une éventuelle relation sentimentale avec les hommes de la ville très réputés pour leur polygamie. Ceci, afin d'éviter tout scandale amoureux qui transformerait éventuellement la cour de l'Eglise en lieu de rencontre des époux égrillards et des épouses jalouses.

Un jour, le curé rencontre Nicole qui est en train de converser avec Jeanne alors qu'il lui avait défendu d'avoir des amis. En voyant la petite fille, quelque chose incite le curé à la regarder au lieu de se mettre en colère. À son avis, il y avait en elle une chose mystérieuse qu'il n'arrivait pas à comprendre. A force de la dévisager, il finit par comprendre qu'il s'agissait de cette chose qu'on trouve seulement chez les nouveaux-nés, les nourrissons et les adolescents. Cette chose que l'on appelle *humilité*.

Quand Nicole vous sourit, il semble que c'est la gentillesse même qui vous ouvre ses yeux. Aussi dur et froid que pourrait être quelqu'un, il ne saurait rester tel qu'il est sans se transformer pour apprécier et aimer les vertus que le grand CREATEUR a enracinées en cette belle Judéenne. Enfin, ne pouvant s'empêcher de brûler l'étape qui existe entre l'appréciation et l'amour, le curé l'aime aussitôt. Et tous les autres prêtres l'apprécient.

Maintenant, quand elle trouve l'opportunité, elle va voir son amie qui lui enseigne avec plaisir l'art culinaire. Le curé de son côté, lui enseigne le catéchisme. Depuis lors, Nicole réclame un peu plus de temps pour étudier. Elle ne va plus dans les champs trois fois par semaine.

Jeanne assaisonnait très bien la nourriture des prêtres qui la considèrent comme un cordon bleu tandis qu'elle ignore ce qu'est une école hôtelière.

Jeanne est âgée de 30 ans, Nicole en a quatorze. Mais bien que Nicole soit plus jeune, son caractère mature inspire confiance et elle lui fait des confidences.

Deux ans plus tard, Jeanne tombe malade. Ne trouvant pas un remède pouvant la guérir de sa terrible maladie, elle pense que c'est l'œuvre maléfique de Mathilde, la sœur de son amie, parce que Nicole ne cesse de réclamer ses droits depuis que le curé et les autres prêtres lui ont dispensé des cours de catéchisme. Au lieu de s'améliorer, le cas de Jeanne empire. Après avoir beau réfléchir, elle a résolu de retourner chez ses parents sur l'habitation Goman, à Jérémie, pour savoir de quelle maladie il s'agit et trouver les soins appropriés, de quelque nature qu'ils soient et de quelques côtés qu'ils puissent venir.

FEMME SIGNIFIE DEVOTION POUR UNE BONNE CAUSE

Pour le curé et les prêtres, l'absence de Jeanne, paraît comme l'une des dix plaies dont DIEU avait frappé l'Égypte en l'an 1535 avant JESUS le Christ afin que le Pharaon libère le peuple d'Israël. Bien que les étagères de leur cuisine soient toujours chargées de provisions, bien que leur réfrigérateur à gaz soit rempli de toutes sortes de viandes, ils ne peuvent pas se nourrir convenablement tellement ils sont nuls en cuisine. Ils se plaignent. Un jour, alors que le curé décide d'aller chez les sœurs pour solliciter de l'aide, Nicole s'amène pour voir son amie, le curé et les prêtres. C'est ainsi que le curé l'informe de l'absence de Jeanne. Il lui explique qu'il va chez les sœurs pour résoudre le problème.

Nicole lui dit :

« Mon père, je viens de la Judée. Je suis de la lignée de Marthe qui préparait habituellement de la nourriture pour JESUS notre Seigneur. En plus des dons que DIEU m'a faits, Jeanne me montrait comment elle préparait vos repas. Alors je peux la remplacer durant son absence. Et quand le Maître de l'univers, dans sa grande miséricorde, la rétablira de son infâme maladie, elle pourra reprendre son service. »

Stupéfait par une telle affirmation, médusé par une telle dévotion à accomplir une bonne œuvre sans rien demander en retour, le curé accepte.

NICOLE EST MISE A L'EPREUVE

Le curé lui demande :

« Peux-tu nous préparer un gratin de macaroni, un gratin d'aubergine, du riz blanc et une sauce de pintade aux petits pois ? »

A l'heure du dîner, la table est bien mise et les mets soigneusement présentés. Impatiente d'attendre la fin de la prière de sanctification du repas, le cœur de la fillette bat très fort. Enfin arrive pour elle le moment de vérité. Ce moment qui, un jour ou l'autre, s'expose à la vue de tous, ce moment d'affirmation de soi en tant que personne qui arrive à coup sûr dans la vie de chacun de nous pour nous accuser ou pour nous absoudre, ce instant là est arrivé pour Nicole ce samedi 13 août 1941. Elle vient de charmer le palais de ces bons vieux prêtres récalcitrants, aux goûts culinaires extrêmement difficiles, nommés par le Vatican.

Ils sont si contents et satisfaits de la nourriture qu'elle leur a préparée, ils en partagent avec les sœurs afin qu'elles établissent la différence avec leur nourriture préparée par la sœur cuisinière dont elles ne cessent de vanter les doigts magiques.

Ils pensaient avoir trouvé le véritable goût des mets de France et d'Italie avec Jeanne. Ils se sont rendus compte qu'ils s'étaient lourdement trompés. Ils glorifient Nicole. Ils affirment que Nicole est un ange de la cuisine principale du ciel que DIEU a envoyé à leur secours. Ils fredonnent des chansons en latin. Ils rient comme de vieux fous. Après avoir mangé de la crème à la glace au parfum de corossol pour le dessert, ce dessert que malheureusement Jeanne ne leur a jamais offert, ils forment un cercle autour de Nicole et scandent une des meilleures chansons qu'ils ont préparées pour la fête patronale. Soudain, au rythme d'un do- ré- mi- fa- sol, de plus en plus envoûtant, ils enchaînent :

France mère Patrie… combien tu nous manquais,

La distance qui nous séparait n'est plus ce qu'elle était

Car Dieu nous a envoyé Nicole nous libérer des griffes de la faim

Et nous soulager de cette nostalgie culinaire qui nous desséchait.

La Judéenne, toutefois, ne se laisse pas griser par la gloire car elle sait très bien que *toute gloire est pour DIEU, il n'y a que merci qui soit pour les hommes.*

Elle a passé trois mois à servir les prêtres. Pour la remercier, le curé lui donne un salaire de deux gourdes par mois. Pendant cette période, elle est très contente, elle éprouve la noble sensation de cesser d'être la domestique des champs de sa sœur aînée, pour devenir une digne servante du clergé paroissial.

Nicole commence maintenant à établir la différence entre la réalité et le rêve. Dans ses réflexions, elle découvre que la réalité peut découler finalement du rêve car, ce moment de liberté dont elle a tant rêvé est devenu pour elle une réalité. Elle a fini par comprendre que la vie est un combat. Que celle-ci bascule toujours entre l'ombre et la clarté et qu'il faut toujours être prêt à combattre. Elle déduit que toute femme doit avoir un rêve, celle qui vit sans un rêve pour la concrétisation duquel elle doit s'obstiner, est pareille à une fleur au bord d'une route que n'importe qui peut aisément cueillir. Elle continue à réfléchir et se dit : *« Puisque l'homme est jaloux du fait que la femme soit sanctifiée depuis l'aube des temps, il faut qu'elle ne cesse jamais d'ajuster son présent à la moralité si elle n'aimerait pas que demain l'immoralité la dépouille de sa vraie identité. Elle caresse son rêve en son cœur. Un rêve qui ne cesse de grandir de jour en jour. Un rêve inédit qui lui permet de former un projet. Un projet qui lui donne des désirs. Désirs qu'elle n'a jamais révélés même à sa meilleure amie. Elle est maintenant forte. »* Elle se dit : *« Même si aujourd'hui, à l'aurore de ma vie, il fait déjà nuit, c'est de cette même nuit qu'un merveilleux jour renaîtra pour moi. »*

FEMME SIGNIFIE MAITRESSE DE LA MAISON, MAITRESSE DE NOS DESIRS ET DE NOS FOLIES

Je reprends cette expression de l'auteur, à mon avis, il a raison : Quelle que soit la maison que vous rêvez de construire, quel que soit le château ou la villa sur lac et forêt que vous êtes en train de bâtir, ne vous trompez pas, soyez en sûr, vous êtes en train de l'ériger pour une femme. Non seulement parce qu'elle porte en elle ce que vous avez de plus précieux, je veux dire vos enfants, mais, j'ose le dire sans risque de me tromper, car sans elle vous existez, bien sûr, mais vous ne vivez pas.

Déjà 7 heures 30 du matin, vous êtes en retard pour le travail, vous n'avez rien goûté encore, c'est elle qui vous court après avec un verre de jus et un morceau de fromage 'La vache qui rit'. Vous rentrez tard à la maison, à cause de l'embouteillage, vous êtes mort de fatigue, c'est elle qui vous prépare quelque chose à manger car vous ne savez pas cuisiner ni même allumer le four. Cela me rappelle ce samedi 15 août de l'été 2002 quand j'étais l'hôte de la Judéenne. A dix heures du matin, pendant que je parlais à quelqu'un sur la galerie, elle m'appelle pour déjeuner. Elle me dit qu'elle a préparé spécialement en ma faveur la nourriture que j'aime. Quand lui avais-je dit le plat que je préfère ? Dieu seul le sait ! J'avais pris mon petit déjeuner avec elle à l'ombre de sa cuisine en buvant du café, du lait et en mangeant des œufs et du pain. Lorsqu'elle m'appelle je lui dis : « *Tante Cole, il est à peine dix heures du matin, le dîner est déjà prêt ? » « Oh ! me répondit-elle c'est le déjeuner mon garçon.* ». J'invoque le Seigneur pour qu'il me vienne en aide car je ne vois pas comment je pourrais refuser de manger sans la décevoir.

FEMME SIGNIFIE REFUGE ET REFERENCE

En rentrant à la maison après le bureau ou après un voyage, après une dure journée au volant d'une camionnette ou d'un camion assurant le trajet Ouest-Sud, après un dur labeur comme simple maçon sur un chantier en construction, il y a toujours une femme qui vous attend pour vous recevoir. Qu'elle soit votre épouse, votre mère, votre sœur ou simplement votre servante, pourvue qu'elle soit à la maison, vous serez heureux de rentrer car il y a quelqu'un pour vous accueillir.

C'est toujours une femme qui range vos sous-vêtements dans le tiroir. C'est toujours une femme qui veille à votre confort vestimentaire pour lequel vous dépensez parfois sans contrôle. C'est également pour son plaisir que vous dépenser de grosses sommes d'argent pour des vêtements de mode afin de maintenir votre élégance. D'ailleurs pourquoi seriez-vous si exigeant, ou du moins, pour qui d'autre feriez-vous ces énormes dépenses ? Durant toute cette première partie de ma vie que j'ai vécue avec joie, je n'ai jamais vu un homme finement costumé pour une cérémonie qui se fait accompagner d'un autre homme.

Quel que soit le prix de vos costumes ou celui des chaussures que vous portez, si vous n'avez pas une femme pour vous accompagner là où vous allez, dans votre esprit vous êtes un homme costumé certes, mais avec les pieds nus.

J'ai souvent entendu dire, comme vous peut être, qu'à tel moment donné il y a de l'insécurité dans un pays qu'il faut combattre. Cependant on ne l'a jamais vue car elle n'est pas physique. Au Président de la République d'Haïti, *Son Excellence François Nicolas Claude 1er,* de qui je vous parlerai dans les pages suivantes, j'ai entendu un journaliste poser les questions suivantes :

« Monsieur le Président… que pensez-vous de l'insécurité ?
Pouvez-vous nous dire quand est-ce que nous serons totalement en sécurité ? »

Le Président à la barbe blanche, avec un visage calme et un air impassible, lui répond que la sécurité est d'abord un *état d'esprit*, ensuite une *sensation d'être*. Moi qui écoutais attentivement, je partage sans réserve l'avis du Président car, lorsque vous entendez que les bandits sont derrière les barreaux du pénitencier, vous éprouvez vraiment cette sensation d'être en sécurité que vous procurent les policiers.

Je pense qu'il en est de même en ce qui a trait à l'élégance. Premièrement, l'élégance est un état d'esprit, et ce sont ces vêtements de mode que vous portez qui vous la donnent car, somme toute, nul ne peut oser dire que vous vous êtes mal vêtus. Deuxièmement, l'élégance qui est cette sensation d'être, ce sont les femmes qui, à l'instar des policiers, vous la procurent en vous débarrassant de vos incertitudes qui sont comme des bandits jetés derrière les barreaux de votre confiance en vous-mêmes. Car, même si vous mettiez des vêtements de renom, même si vous portiez des chaussures anglaises ou italiennes les plus réputées, même si vous vous parfumiez avec des fragrances de grand prix et que vous arboriez des bijoux de Kenneth Cole, c'est seulement quand votre femme, votre collègue, une amie ou une simple passante vous félicitera pour votre tenue que vous aurez la sensation d'être vraiment élégant.

FEMME SIGNIFIE ESPOIR DANS LE DESESPOIR

Après trois mois, Jeanne est revenue. Le curé et les autres prêtres l'accueillent avec joie parce qu'elle est guérie mais toutefois avec une certaine réserve. Ne voulant pas lui faire d'injustice ils ont accepté de la reprendre à la cuisine. Toutefois ils retiennent Nicole pour le ménage, la lessive de leurs vêtements et de leurs soutanes et aussi pour la préparation des desserts.

Jeanne, jugeant anormale les félicitations données à Nicole pendant son absence, se formalise. Elle se fâche contre Nicole et ne lui parle plus. La cour du presbytère lui est devenue un peu étrangère. Les chats et les chiens ne la reconnaissent plus. La volaille s'écarte de son chemin. Elle pense que ce n'est pas le fruit du hasard car, durant son traitement chez ses parents sur l'habitation Goman à Jérémie, les sacrificateurs vaudou de sa famille lui avaient dit, suite à une invocation du dieu Astarté, que sa maladie vient de l'une de ses amies qui veut sa perte. Elle est absolument convaincue qu'il s'agit de Nicole, la pauvre.

L'amitié entre les deux confidentes d'autrefois n'existe plus. Il n'y a dans le cœur de Jeanne que d'aversion pour Nicole. Elle ferme les portes de la cuisine quand elle assaisonne les aliments. Son aversion est si forte qu'elle se transforme en haine. Un jour, alors que Nicole allait rentrer à la cuisine pour récupérer un gobelet qu'elle avait oublié, Jeanne l'a giflée. Même si Nicole était de la même taille que Jeanne et qu'elle aurait pu se venger, elle ne réagit pas car, dans le cœur de la jeune fille, qui est à l'école de catéchisme, il n'y a de place que pour l'Amour, l'Humilité, la Vérité et l'Emanation de son DIEU. Elle savait que le pardon est l'opposé de la vengeance puis, elle est convaincue jusqu'au plus profond de son âme que la compassion est plus forte que la colère.

Des larmes coulent de ses yeux Elle regarde son amie qui vient de blesser son innocence. Son cœur est en peine, mais elle se rappelle que le curé lui disait toujours qu'elle devait savoir pardonner car la femme, est une émanation de Dieu. Contrairement à l'homme, elle n'est pas tirée directement de la poussière du sol. Elle est une infime partie de la lumière de DIEU parce qu'elle est née avec des valeurs données par lui telles que : la loyauté, la dignité, le pardon, l'abnégation et les racines de la foi.

Quand elle a terminé avec ses études avancées en catéchisme, le curé lui fait comprendre que le pouvoir de la pensée d'une femme est extraordinaire. Il la convainc que les multiples facultés et les intuitions féminines ne sont pas des disciplines enseignées dans les universités du monde, ni dans les facultés de la République d'Haïti, encore moins dans les institutions primaires. Si une femme veut quelque chose il lui suffit d'imaginer que cette chose existe déjà dans l'infini auprès de son CREATEUR. Et pour l'avoir réellement elle n'a qu'à former des pensées positives et croire qu'elle l'a déjà. Elle se rappelle encore que le curé lui avait dit que le pouvoir de la pensée d'une femme est comme un clou qu'elle peut enfoncer dans l'invisible et sa foi est comme le marteau qu'elle peut frapper dessus pour obtenir tout simplement et le plus facilement du monde ce qu'elle désire. Voilà toute la philosophie que l'on devrait enseigner dans nos facultés et universités alors qu'en vous, femmes, existent déjà toute cette science. Nicole, se rappelant tout cela, s'approche de Jeanne, et lui dit :

Ce n'est pas de ta faute Jeanne, je te pardonne.

Dorénavant ce n'est plus la relation amicale partagée avec Jeanne qui lui permet de fréquenter le presbytère, c'est l'amour des prêtres et du curé. Ils lui donnent des bijoux, des robes neuves habilement conçues qui épousent la forme de son corps façonné et modelé par les mains de Adonaï. Les modèles de ses vêtements mettent en relief son caractère mature. Sa façon d'être interroge les esprits masculins les plus calmes et mieux réfléchis. Les prêtres aiment tellement Nicole que non seulement ils l'embauchent pour faire le ménage dans la maison presbytérale, la lessive de leurs soutanes blanches et préparer le dessert, mais aussi ils exigent que les sœurs lui donnent à faire la lessive de leurs robes blanches et de tous leurs autres vêtements ordinaires. Ce qui fait passer le salaire de Nicole à trois gourdes.

La fin de la mission du curé et des autres prêtres de la paroisse de la ville de « Les Anglais » approche. Les chefs de l'Église Catholique Apostolique Orthodoxe et Romaine qui siègent au Vatican décident de les envoyer dans une autre paroisse mais toujours dans le Sud, ce coin reculé du territoire de la tribu de Juda, pour continuer la propagation de l'Évangile.

Le curé décide alors d'émigrer avec Nicole dans sa nouvelle paroisse à Roche-à-Bateau. Avec ses études de catéchisme et ses notions de « Ti Malice aux pays des lettres » comme seules connaissances académiques, elle a fait sa première communion. En plus des principes moraux inculqués, le curé illustre toujours pour elle les bienfaits et les méfaits de la sexualité. Il insiste surtout sur les méfaits du sexe à l'âge de la puberté. Il finit toujours en rendant hommage à cette jeune vierge de Nazareth, Marie mère de JESUS. Toutes ces leçons de morale enseignées à la jeune fille constituent un bouclier protecteur qui doit protéger son cœur contre toute attaque masculine pour le moins maléfique.

Elle a laissé très loin dans le passé cet état de domestique des champs de Mathilde. Les funérailles de ce passé douloureux sont déjà chantées par cette grande fierté qu'elle éprouve d'être la servante des représentants du pape Pie XI Giovanni Guiseppe Sarto.

Dans cette localité au panorama luxuriant, les gens se connaissent et se respectent. La convivialité est l'une de leurs multiples vertus. Avec son salaire de trois gourdes par mois, Nicole commence à se faire belle sans trop savoir pourquoi car elle ne sort pas, elle ne sait pas non plus pourquoi elle sortirait. Son anniversaire de naissance coïncide avec la date de la fête patronale de la nouvelle localité où elle réside. Le 30 septembre 1945 elle a 17 ans.

Cette belle Judéenne est canon. Ses dents sont blanches comme du lait de brebis. Ses seins sont d'une grosseur normale, ils ressemblent à deux fruits dont j'ignore le nom. Ses adorables seins troublent beaucoup de personnes. Ils font rêver aussi bien, les gamins que les notables du bourg qui les considèrent comme deux fruits juteux qu'ils auraient aimé cueillir pour les savourer. Un seul de ses regards tourmente les jeunes du bourg de Roche-à-Bateau qui la croisent rarement sur leur chemin. Sa façon excitante de marcher vous donne une idée de son merveilleux comportement au lit. Quand elle vous gratifie d'une phrase, le timbre harmonieux de sa voix vous fait penser à des doux murmures, à des mamours et à des soupirs de bonheur intense. La façon dont elle vous parle vous laisse pantois. Lorsque vous avez ce privilège qu'elle vous écoute parler pendant 15 minutes ou une heure de temps, vous avez l'impression que vous n'avez rien dit, ou que vous n'avez pas dit assez pour la convaincre. La façon dont elle vous regarde vous désarme et vous laisse présupposer que vous n'auriez rien fait même lorsque vous auriez pensé avoir tari sa source après une nuit.

Dans cette localité, tous les jeunes garçons sont d'élégants Dons Juans, je cite : Jean Issacar, Alix Ruben Gaétan, Edison J. Benjamin, Fergusson Lévi, Bernard Nephtali. Les jeunes filles Myriam, Magdala et Anne Suze, Solène, Erlande Adolphe, Alouce et Cerette forment l'élite de la zone. Ils sont de famille modeste et on dit qu'ils sont d'ascendance royale, descendants du Royaume de Dahomey en Juda (Afrique).

Né en 1925, Alix Ruben Gaétan, âgé de 20 ans, est un élève amoureux de poésie, de musique, de littérature et d'art. Il est fils de Louis Pressoir Gaétan qui avait lui-même fait ses études en France et qui est propriétaire de grands domaines. Doté d'un sens éducatif aigu, son père l'a mis en pension chez les frères Odile de la ville des Cayes. Cette école, située au numéro 10 à l'angle des rues Antoine

Simon et Mgr Maurice dans le chef-lieu du département du Sud, jouit d'une grande renommée dans le système éducatif national pour son passé glorieux et son présent avant-gardiste. Dans cette école, le directeur et le corps professoral qualifient déjà son fils de poète en herbe de la trempe d'Oswald Durand et d'Arthur Rimbaud. Louis Pressoir, homme fier et grand conservateur des principes moraux de l'antiquité, maintient une relation commerciale avec les prêtres. Il leur fournit du lait de vache, du fromage, des œufs de canard, de la viande de bœuf et de chèvre.

De cette relation commerciale, se tissent de solides liens amicaux entre sa famille et le clergé. Alix accompagne son père quand celui-ci se rend au presbytère pour le règlement des factures, et il en profite assez souvent pour admirer la splendeur des paons dans leur démarche majestueuse. Il aime le chant des perdrix et l'harmonie qui règne entre les oiseaux et les volailles de la basse-cour.

Un jour, en se promenant dans la cour, son regard croise celui d'un être ressemblant à un ange. Soudain, en plein été il a froid tandis qu'il transpire. Son cœur allait s'arrêter, pense-t-il. Il se demande si c'est une apparition car, en un clin d'œil, l'être qu'il a vu ou qu'il croyait avoir vu a disparu. Après trois jours il retourne au presbytère. Il réalise que ce n'était pas une apparition, non plus une illusion, mais qu'il avait vu Nicole la servante des prêtres. Il tombe amoureux d'elle.

Alix a passé les trois mois de vacances d'été 1945 à faire la conquête de la Judéenne sans l'espoir qu'un jour, avant de regagner la ville, il réussira à briser les boucliers qui protègent le cœur de Nicole. Le 23 septembre 1945, une semaine avant la fête patronale du bourg et deux semaines avant la rentrée des classes, Alix doit retourner en ville pour régler les formalités scolaires d'usage. En sa qualité d'enfant de « bonne famille », il est allé saluer le curé pour lui dire au revoir mais avec l'intention de rencontrer celle qu'il aime. Il n'a plus d'appétit ni de sommeil depuis le jour où il l'a remarquée. Ce jour-là, par malchance pour Nicole et par chance pour Alix, ou du moins par chance pour tous les deux, le clergé de la paroisse au complet était en tournée avec un représentant du Vatican venu pour évaluer la situation ecclésiastique dans le pays. Cet adieu d'Alix avant son départ pour l'école, le rend éloquent et convaincant. Il lance des flèches contre les principes moraux de la jeune fille qui constituent cette sorte de bouclier d'airain qui protège son cœur.

Fait remarquable, la différence de niveau académique entre lui et Nicole est comme le contraste entre le jour et la nuit. Mais, les valeurs imperceptibles à nos yeux de chair que possède la jeune fille valent autant que le poids académique de l'autre. Alix, sachant très bien que Nicole ne peut être achetée avec de l'argent, de l'or ou de l'émeraude, se rend compte que pour la convaincre, il lui faut autre chose de plus valable que son vocabulaire, une chose qui s'appelle la vérité. En sa présence, le poète en herbe devient brusquement timide. La jeune fille est si belle qu'Alix ose à peine la regarder. La robe qu'elle porte, directement importée de France, est faite d'un tissu très rare. En épousant la forme de son corps, elle lui donne l'attrait d'une femme qui n'existe que dans les légendes. Alix ne trouve pas les mots qu'il faut pour la décrire. Le contraste que forme la couleur de sa chair avec celle du tissu fait penser tout simplement qu'elle s'est revêtue des ondes de l'eau. Alix est à deux mètres d'elle, il tremble. Il oublie tout. Sa langue est comme collée à son palais. Un moment après il se ressaisit. La symphonie d'une poésie dans un français soutenu lui vient en tête. Il s'approche d'elle d'un mètre et lui dit :

Je t'aime, Mademoiselle. Je te respecte.

Mon amour pour toi est vrai comme le jour.

Je sens que, devant toi, absolument rien je suis

Car, tu m'as totalement désarmé de ce que je pensais être.

Nul n'est aujourd'hui tout ce que véritablement je suis,

Beaucoup plus nul encore tout ce que je croyais être.

Mon amour pour toi est l'expression de ma vérité.

Ma vérité, c'est ma décision de faire de tes problèmes,

Mes premiers et principaux problèmes jusqu'à la fin de mes jours.

Mon amour pour toi, je te l'assure, est vrai aujourd'hui,

Et demain il sera absolument ce que tu voudras qu'il soit.

En entendant ces mots pleins de douceur, la demoiselle a frémi. La voix calme et rassurante du jeune homme la séduit complètement. Le bouclier se brise, les murs de Chine qui protègent le cœur de la jeune fille s'ébranlent et tombent. Où Alix a-t-il bien pu trouver ces mots ?

Leur premier baiser est doux comme du miel. Elle se laisse emporter parce que demain elle ne le reverra plus. Lui, il en profite car demain il sera loin d'elle. Il y a une infime probabilité qu'il revienne pour la Noël, si son père ne décide pas à l'envoyer en France voir ses grands-parents descendants d'un colon de Saint-Domingue du nom de Lafayette. Sur l'habitation Latiplin, ce dernier avait mis enceinte Suzanne Gaétan, son arrière-grand-mère dont il porte le nom.

Alix rentre en ville pour reprendre les cours. Chez les frères Odile, les élèves de classe terminale ont le même traitement que ceux des classes primaires. La note minimum exigée pour chaque trimestre est de 7 sur 10, car l'école est fortement appréciée par la France, le Canada et les autres pays francophone d'Europe et d'Afrique. Durant le premier trimestre Alix n'arrive pas à se concentrer, il ne peut pas travailler et pire, il a maigri. Le 18 décembre 1946 c'est la remise des bulletins du premier trimestre, problème ! Il obtient une moyenne de 4 sur 10. Le directeur de l'école considère que le jeune adolescent souffre d'un trouble psychologique temporaire mais grave. Il fait appeler son père.

Soucieux du bien-être physique de son fils, celui-ci le fait voir par un médecin. L'examen ne révèle aucune anomalie d'ordre physique. Le médecin conseille toutefois au père un peu de repos pour son fils qui est très fatigué du point de vue psychologique.
Ne comprenant pas comment, après seulement trois mois, que son fils est si fatigué et amaigri, il rentre avec lui à Roche-à-Bateau. Depuis ce jour, il commence à se porter mieux. Sa belle-mère conçoit un menu exclusivement pour lui afin qu'il récupère le plus tôt possible avant de reprendre le chemin de l'école après la fête

des Rois le 6 janvier 1947. Le matin, elle lui donne du potage, des œufs, du lait et de la figue-banane. A midi, des légumes et des lentilles. Le soir, elle sert de la purée d'avoine et du pain d'orge. Il n'a pas encore revu Nicole dont la privation est la seule cause inavouée de sa maladie. Il attend qu'il se rétablisse complètement avant de la revoir.

Le lendemain 19 décembre, son père Louis Pressoir se rend chez les prêtres pour le règlement des factures des trois mois antérieurs dont il avait préféré l'accumulation, afin de pas être obligé de descendre en ville pour effectuer un retrait sur son compte au Bureau de Crédit Agricole. Le curé le reçoit dans son salon privé et demande à la servante de lui apporter la clé de la pièce où se trouve la caisse de la paroisse pour régler la dette de Monsieur Pressoir. En lieu et place de Nicole c'est Anne Sofia qui s'amène.

Pour satisfaire sa curiosité, le père d'Alix demande au curé des nouvelles de la jeune et belle ménagère qu'il avait vue en septembre dernier. Le curé l'informe qu'il l'a renvoyée chez ses parents parce qu'elle est enceinte. Il dit :

« Je crois qu'elle devrait sans doute revenir durant les prochains jours pour rencontrer le prince charmant de qui son enfant est le fils ». « Sûrement le vagabond l'a délaissée après avoir commis son forfait ! », se lamente Pressoir *« Non, lui dit le curé, le jeune garçon n'est pas un vagabond, c'est un élève de classe terminale chez les frères Odile de la ville des Cayes. Il reviendra avec l'espoir de la revoir pour ces vacances de la Nativité »* m'a-t-elle confié. *« Je voulais*

bien la garder, la pauvre, mais les ordres du Vatican sont formels. J'avais du mal à croire qu'il s'agissait de quelqu'un de chez toi. Il s'agit de ton fils M. Gaétan. Il aurait dû la protéger ».

Louis Pressoir est tombé des nues. C'est comme l'infamie qui avait frappé la famille de Jacob lorsque la sœur de ses 12 fils s'était fait dépuceler par un Cananéen incirconcis. C'est également un scandale à Roche-à-Bateau le fait que son unique garçon ait mis enceinte une simple servante illettrée. Le père d'Alix rebrousse chemin, il passe dans une boutique et s'achète une bouteille de rhum Barbancourt. Comme un animal abattu qui rentre bredouille dans sa tanière après une longue chasse, il rentre à la maison. Il ne sait quoi faire. Le respect que lui témoigne toute la population, en vertu de son statut de propriétaire de grands domaines, risque de s'effondrer comme un château de carte si l'on vient à être au courant de cette honte familiale. Pour sauvegarder son honneur, il veut étouffer la nouvelle pour qu'elle ne soit pas répandue mais, dans ce bourg où les bruits courent aussi vite qu'un rayon de lumière, tout le monde parlait déjà depuis bien longtemps de cette affaire dont seule sa maisonnée ignorait encore. Certains des nantis les plus extrémistes du bourg, se laissant emporter par un sentiment d'appartenance, arrivent même à dire que c'est Nicole la petite vermine qui a séquestré le jeune homme et a décidé d'être enceinte de lui parce qu'il est fils de bourgeois.

Plus de deux milliards de pensées se forment dans son cerveau, mille et une questions restent sans réponse. Au fur et à mesure que le temps passe, sa boîte crânienne est sujette à plus de trois milliards d'impulsions par seconde. Il voit un peu trouble, il n'a pas les idées claires, il a besoin d'aide. La seule personne qui puisse l'aider pour le moment c'est sa femme. Il souhaite lui en parler mais il est en désaccord avec elle depuis quinze jours parce qu'il l'avait accusé d'adultère. Pour se venger, elle l'avait giflé et elle lui avait répondu ensuite c'est parce qu'il est lui-même menteur et infidèle qu'il est porté à concevoir une telle absurdité. Pour enfoncer le clou, elle lui avait dit encore que, si elle était infidèle comme il osait le croire ce serait par alliance. Son arrière-grand-mère avait trompé son amant, esclave des champs comme elle, sur l'habitation Latiplin avec le colon Lafayette Gaétan. C'est ainsi qu'il a vu le jour. Lorsqu'il allait la frapper pour insolence, elle lui rappela qu'elle n'était pas une marchandise sans prix comme l'avait été sa sœur qui avait dû finalement laisser le bourg à cause des multiples menaces reçues après s'être appropriée le mari d'une autre femme. Suite à cette dernière invective de sa femme il devint cramoisi de colère. En se rappelant tout cela, ses yeux s'injectent de sang. Ses oreilles se dressent. Ce déshonneur venant d'Alix est comme le dernier coup de massue qui fait basculer la baraque de fierté et de noblesse dont jouissait la famille.

Arrivé à la maison un peu ivre, il appelle son fils pour le blâmer. Il trouve que ce n'est pas suffisant, il en profite pour proférer des injures grossières à l'encontre de Nicole. Le spectacle commença comme si un rideau s'était levé sur une scène de théâtre ouverte au public sans droit d'admission. La moitié de la population de la zone s'est rassemblée, petits et grands en parlent et c'est alors qu'il se rend compte qu'ils étaient déjà au courant de toute l'histoire.

Abattu, l'homme balance entre la tourmente et le calme. Il hésite entre la décision d'exiler Alix en France pour qu'il ne revoit jamais la fille et celle de le garder en pension aux Cayes sans jamais le laisser revenir à Roche-à-Bateau. Il tergiverse finalement entre la résolution de faire venir la fille pour la faire avorter et celle de lui payer pour qu'elle garde le bébé sans jamais dévoiler le nom du père.

L'homme ne dit rien à son fils. L'insomnie a raison de lui. La fierté de sa famille s'effrite. Il a maigri en peu de jour. Les amis d'Alix commencent déjà à l'appeler Alix Ruben Gaétan d'une façon moqueur. Que ce soit de manière ludique ou sérieuse, Pressoir ne tolère ni l'une ni l'autre outre mesure. La raison d'un nanti du bourg primera-t-elle sur les valeurs de la Judéenne ?

FEMME SIGNIFIE MERE DE L'HOMME, MERE DE L'HUMANITE

Un soir, le père d'Alix a retrouvé quelques heures de sommeil. Dans un songe, il voit une personne au visage d'une lumière éblouissante et il entend une voix qui lui dit : *« Sais-tu dans quelle circonstance ton arrière- grand-mère a vu le jour ? Toi, orgueilleux et prétentieux, si tu n'étais pas né, aurais-tu connu aujourd'hui la valeur et la beauté de la vie ? »* Traqué par ce rêve teinté de reproche, il fait chercher Nicole pour lui demander pardon de l'avoir offensé pensant probablement que toutes les injures proférées à son encontre lui avaient été colportées par les gens du bourg où les nouvelles courent beaucoup plus vite de bouche à oreille que sur les ondes hertziennes de haute fréquence.

Ce mardi 2 janvier 1946, Nicole arrive chez son beau-père. L'homme la regarde et reste complètement ému en sa présence. Devant cette créature si bien charpentée, au visage de laquelle la grossesse de quatre mois commence à dessiner un autre attrait, il se sent dépouiller de son sentiment de grandeur. Il se sent désarmer de sa ridicule armure de noblesse. Il accepte avec joie cette simple créature qu'il a toujours été. Dans les yeux de Nicole, il voit l'innocence. Quand elle lui dit « *Bonjour Monsieur* ! », Pressoir se dit que c'est pour la première fois un ange vient de lui parler. Il se rend compte qu'il est loin de ce qu'il croyait être, face à cette servante qui vient de la cuisine principale de DIEU, conformément aux dires des prêtres. Pressoir l'embrasse.

Il décide de prendre soin d'elle. Il lui fait des emplettes. Il lui donne de l'argent pour son entretien. Il loue une jeep et il la raccompagne aux Anglais. Ambitieuse de nature, Mathilde aurait préféré que Nicole se marie mais par crainte qu'elle devienne aussi propriétaire de domaine, elle se rétracte en prétextant qu'elle est trop jeune. Le père d'Alix accepte le raisonnement de Mathilde parce que le contraire aurait vraiment handicapé l'avenir de son fils. Puisqu'elle n'a pas encore 18 ans, Nicole doit se plier à la volonté de sa sœur et Pressoir n'a d'autre choix que d'accepter.

La fille aînée de Pressoir, Patricia, la grande sœur d'Alix, vit à Cuba. Elle s'est mariée à un cubain. Mais quatre ans déjà et elle ne peut pas avoir d'enfant à cause d'un fibromyome. Pire, son mari n'a qu'un seul testicule. Fatiguée de prier tous les Saints du monde dans l'espoir d'être enceinte, elle a fini par accepter son infertilité et a choisi finalement d'adopter un enfant. Elle se présente à une maternité où les cubaines ont coutume d'abandonner les bébés jumeaux. Il y en a mais on ne les donne pas aux particuliers. Ce n'est pas admis par la législation cubaine l'informe l'infirmière en chef. Ce sont les orphelinats d'État qui les accueillent.

En pensant à Patricia, Pressoir a de la compassion pour Nicole qui, dans d'autres circonstances aurait pu être sa fille. Il est allé souvent la visiter car, même si elle ne va plus dans les champs comme autrefois, les travaux ménagers quotidiens augmentent. À cause de sa grossesse hors des liens du mariage, toute la famille l'injurie, la majeure partie de la population des Anglais l'a en aversion. Les gens de la ville honorent les femmes enceintes dans les liens du mariage, on les appelle « Madame » tandis que celles qui sont enceintes hors des liens du mariage ils les appellent « Manzè ». Si DIEU n'existait pas, Nicole finirait par perdre le bébé qu'elle porte. Son problème psychologique c'est qu'elle n'a jamais revu Alix et qu'elle n'a même pas de ses nouvelles. Le seul médicament qu'elle sait se préparer pour les douleurs ressenties c'est de la tisane. Quand le père d'Alix lui envoie de l'argent, c'est Mathilde qui en accuse réception pourtant, cette dernière l'utilise pour acheter des vêtements neufs pour ses enfants. Elle est jalouse de voir Nicole porter les beaux vêtements de grossesse que lui envoie son beau-père. Quand elle les reçoit en l'absence de Nicole, elle les donne à la sœur de son mari qui vient de se marier et est enceinte de deux mois seulement.

Malgré le travail domestique qu'elle continue d'effectuer, Nicole reste belle et gracieuse. A son huitième mois de grossesse, le 23 mai 1946, une Jeep de marque Land Rover de couleur grise traverse la Grande rivière, s'arrête devant la maison de Nicole. Mathilde s'approche. Hesbal ainsi que les autres membres de la famille s'amènent. Les curieux se rassemblent. Nicole était sous le manguier en proie à une vive douleur au bas-ventre. Le père d'Alix, accompagné d'un médecin gynécologue et d'une infirmière, est venu la chercher et ils rentrent à Roche-à-Bateau. Elle s'installe chez son beau-père et, ce 29 juin 1946, elle donne naissance à un joli bébé aux traits de la Reine Esther à qui elle donna le nom de Mathob qui signifie « clair de lune » en langue perse.

FEMME EST SYNONYME DE FAVEUR, GRACE ET FERVEUR

Nicole reste chez son beau-père pendant la période d'allaitement de son bébé. Deux ans après l'accouchement, elle est contrainte de laisser le nourrisson à la garde de ce dernier qui la presse de rejoindre sa famille. En effet, sa femme a jugé que l'affection qu'il porte à la jeune dame commence à dépasser les limites acceptables entre beau-père et belle-fille. Quant à Alix, il n'a jamais vu sa fille ni revu Nicole. Pour prévenir une nouvelle grossesse et aussi pour lui permettre de faire ses études universitaires, son père l'a exilé en

France chez ses grands-parents après qu'il soit revenu à Roche-à-Bateau en décembre 1946.

Il considère le bébé comme sa propre fille. Un jour Pressoir emmène l'enfant voir sa mère et en profite pour l'informer qu'il ira à Cuba avec Mathob, rendre visite à sa fille aînée dont le mari ne se porte pas trop bien. Nicole ne fait pas objection, c'est d'ailleurs un honneur pour elle que sa fille aille visiter un pays étranger.

Au retour de Pressoir après un séjour de quatre mois à Cuba, son immense plaisir d'avoir vu sa fille voyager se change en tristesse quand il l'informe qu'il l'a laissée au soin de sa fille aînée qui l'a adoptée comme son enfant. Nicole pleure. L'expression du visage de cet homme cynique et froid laisse présager qu'elle ne reverra plus sa fille. Malgré les multiples gestes de consolation de l'homme à son égard, elle ne peut cesser de pleurer. Elle regarde dans le vide sans rien voir. Elle revoit le doux visage du premier fruit de ses entrailles et se rappelle la première fois qu'elle l'a appelée « maman ». En séchant les larmes de ses yeux, elle dit quelque chose dans une langue étrangère que son beau-père ne comprend pas, mais qui l'émeut jusqu'au tréfonds de lui-même. La parole de Nicole éveille sa conscience et lui fait sentir qu'il vient de commettre une grande injustice. Il ne comprendra jamais ce qui s'était passé car Nicole n'avait pas parlé par elle-même.

Soudain un regret l'envahit. Il se sent coupable d'avoir ravi une fille à sa mère. Il ressent l'immensité de la douleur de Nicole mais par égoïsme, il se dit que le mal est déjà fait, qu'il n'y a pas de remède pourvu que Patricia soit heureuse.

La mission des prêtres à Roche-à-Bateau arrive à sa fin. Le Vatican les transfère à Jérémie, dans le département de la Grande-Anse. Le curé An Tonino Borelli qui n'arrive pas à oublier Nicole, se fait accompagner des prêtres Jordan Larfeuille, Joan Boucher, Marty Le Touré et du nouveau venu Joachim De Pradines pour se rendre chez elle et obtenir de Mathilde la permission de l'emmener avec eux dans leur nouvelle paroisse.

A Jérémie, trois ans plus tard, en hiver 1949 une maladie d'origine inconnue ronge le père Jordan. Sa respiration est très courte. Il transpire. Le soir, il fait de terribles cauchemars. La maladie le défigure. Et par moment, il a l'apparence d'un aigle qui voudrait s'envoler mais qui serait retenu par une force inconnue. Malgré de longues séances d'exorcisme, ses collègues restent impuissants face à cette terrible maladie qui peut mettre un terme à sa vie. Nicole, mise au courant du problème de son ami, est allé dire au curé qu'elle peut le guérir. Il demeure un peu perplexe mais, se rappelant l'histoire de Naaman en Syrie (2 Rois 5, 1-9), il accepte son aide.

Le vendredi 13 décembre, à neuf heures du soir, le père Jordan semble vouloir quitter la terre. La mort veut l'ensevelir. Nicole réunit tous les prêtres et les enfants de chœur vêtus de soutane blanche. Elle leur demande de former un cercle autour du père Jordan et de prier. Nicole se fait donner trois citrouilles mûres avec lesquelles elle construit un triangle dont les sommets sont à égale distance l'un de l'autre. Puis, elle localise le centre du triangle et fait signe au père Jordan de s'y tenir. Elle demande aux autres de chanter à voix basse le cantique magnificat dans un ton de supplication. Elle se concentre et s'incline avec un étonnant respect devant chacune des trois citrouilles comme si DIEU lui-même était à l'intérieur de chacune d'elle. Nicole chante aussi le *Magnificat* dans une autre langue sur un ton de supplication puis, elle invite les prêtres et les enfants de chœur à la chanter sur le ton habituel sans se désynchroniser. Au fur et à mesure que Nicole accentue le timbre de sa voix, les prêtres *sont ravis en esprit* comme l'apôtre Jean l'eut été dans l'Apocalypse 1 :10 pour atteindre cette dimension intemporelle. Soudain, le père Jordan est en sueurs et des larmes couleur de sang coulent de ses yeux. Comme un fou furieux, il se démène. Mais peu à peu, il retrouve son calme. Soudain une violente secousse le surprend à nouveau. Il demande « pardon, pardon! » jusqu'à ce que qu'il retrouve son calme. Nicole demande de l'eau fraîche provenant de la source de l'habitation Goman, elle lui en fait boire trois gorgées et déverse le reste sur sa tête. Le père Jordan Larfeuille la remercie avec respect et lui promet de lui revaloir cet inestimable bienfait tous les jours qu'il lui reste à vivre.

Jusqu'à présent, personne ne sait à qui et pourquoi le père Jordan Larfeuille avait demandé pardon. Aujourd'hui encore personne ne connaît la prière que Nicole avait faite. Lorsqu'on lui demande à quel Saint elle s'était adressée, elle répond :

« *Il n'y a de Dieu qu'en Dieu lui-même et dans chacune de ses œuvres.* »

Après quatre ans de vie sans amour, elle rencontre sur sa route un Français du nom de Bernard qui soupire après elle. Elle a compris que ce n'est pas la solitude qui va la guérir de sa souffrance causée par l'enlèvement de sa fille et par l'exil d'Alix.

Elle se dit : *Puisque ce n'est pas DIEU qui avait tout commencé, je me résigne d'avoir tout perdu. Mais, je sais qu'IL est juste. Je suis sûre qu'un jour IL me restituera ce qui est mien car IL m'a déjà tout pardonné.*

Nicole sait que l'amour se paie avec l'amour. Cependant, elle a besoin d'un ami ou d'un frère mais pas encore d'un amant. Ce Français, aimable comme lui seul, lui offre tout ce qu'il a et même ce qu'il n'a pas. Lorsque cet étranger lui déclare sa flamme, elle l'accepte beaucoup plus par raison que par sentiment. De leur liaison naît une très belle petite fille qui ne ressemble pas à sa mère. Cela éveille la curiosité des prêtres qui veulent faire la connaissance du père.

Nicole fait baptiser sa fille, elle lui donne le nom de Claire Bernadette mais, dans l'acte de naissance du bébé figure plutôt Caire Bernadette. Par crainte qu'elle ne devienne une dictatrice, elle fait effacer Caire du nom de sa fille parce que Caire signifie « dominatrice » en langue égyptienne.

De jour en jour, la curiosité des prêtes devient plus aiguë. Un matin, ils viennent tous auprès de Nicole et insistent pour connaître le père. Finalement, elle cède à leur demande et fait venir le père de Bernadette à Jérémie. A leur grand étonnement, le père de l'enfant est un des leurs, c'est-à-dire l'un des trois prêtres avec qui ils avaient passé un mois aux Anglais avant de leur laisser l'administration de la paroisse. Il s'agit du père Bernard Ledoux.

La nouvelle parvient au curé Boretti qui, pour ne pas ternir l'image des oblats en général et du clergé de la ville en particulier, fait rappeler le père Ledoux à Rome après exactement un mois. De là il n'entendra jamais parler de sa fille et de la mère.

Cependant, l'intelligente façon dont le curé Boretti justifie sa décision au pape Pie XI (Giovanni Guiseppe Sarto) et aux autres dignitaires du Vatican met les amis de Nicole dans une situation difficile. Ils savent que le pape en qualité de juriste et diplomate, va tout comprendre et, pour éviter le pire, ils sont contraints de faire partir Nicole pour sa localité car la raison doit prévaloir sur les sentiments. Ils sont attristés en expliquant à Nicole leur situation. Le père Jordan qu'elle avait guéri de sa mystérieuse maladie, il y a deux ans de cela, pleure.

Un dimanche de juillet 1950 dans l'après-midi, ils raccompagnent Nicole et son bébé aux Anglais dans leur Land Rover. Les deux sont accueillies avec joie par un de ses grands frères, du nom de Charles, très content que sa petite sœur ait donné naissance à une mulâtresse aux longs cheveux noirs et aux yeux bleus.

Six ans depuis que le père d'Alix a kidnappé sa fille aînée au profit de Patricia, elle ne l'a jamais revue. Un jour, en revenant bredouille de la maison de sa sœur cadette qui avait les mêmes défauts que l'aînée, elle rencontre la sœur supérieure de l'école paroissiale qui l'informe que, sur l'insistance du père Jordan Larfeuille, maintenant curé de Jérémie, elle vient lui apporter de la nourriture, de l'huile, des vêtements et des articles de toilette pour elle et pour le bébé. Contente, elle remercie la sœur et bénit le nom de DIEU par un très fort *A lelu Yah* qui signifie « gloire à Yahvé » en langue araméenne.

Étonnée de la langue utilisée par Nicole, la sœur s'empresse de l'informer que le curé Jordan l'a recommandé comme cuisinière à la cantine de l'école Immaculée-Conception. Elle aura un salaire de 3 gourdes par mois et la permission d'apporter un plat chaud chez elle. Pour Nicole, c'est la grâce divine qui commence à se manifester pour elle et pour sa fille. Depuis ce jour, les étincelles d'un enthousiasme nouveau commencent à scintiller dans ses yeux pour se transformer ensuite en une vivace flamme de bonheur.

Les années ont passé, son salaire de trois gourdes ne peut plus subvenir aux besoins de sa fille qui doit entrer à l'école en octobre prochain. Son ami Jordan Larfeuille ne se manifeste plus. Il a été relevé de son poste et est retourné dans son pays natal, le Maroc. Il est remplacé par le père Le Touré.

La sœur supérieure n'autorise plus Nicole à apporter de la nourriture chez elle. Ne pouvant plus supporter de voir sa fille en proie aux affres de la faim, elle se résigne à l'envoyer chez sa grande sœur Mathilde.

Un samedi matin, Alida, une aide-cuisinière qu'elle avait fait engager, va raconter à la sœur supérieure que Nicole s'approvisionne de son stock de nourriture. Pour répondre de ce chef d'accusation, la sœur supérieure la fait appeler. En présence des quatre novices, les sœurs : Marie Vardie qui est une jeune fille vertueuse, Vanessa Léger journaliste évangélique, Melissa Semexant infirmière, Scottie Aubourg docteur en médecine et Maitre Weldine Aubourg avocat, Nicole avoue avoir pris de l'huile qui avait déjà servi pour la friture du samedi. Elle dit à la sœur supérieure :

« Au lieu de la jeter, je l'ai prise pour moi et pour la partager avec les pauvres de mon quartier qui sont aussi affamés. Quand j'étais à l'école paroissiale, mes professeurs m'ont appris que la faim est une arme de destruction massive entre les mains de ceux qui n'ont pas de pain pour se nourrir. Ils peuvent à tout moment l'utiliser contre ceux qui se servent de la faim comme un prétexte pour ne pas partager. Ils m'ont aussi enseigné que partager est synonyme de richesse. Permettez-moi de vous dire chère sœur que le partage crée la paix. Vous qui parlez toujours de paix, si vous voulez vraiment qu'elle règne chez vous et aux Anglais, il faut reculer les limites de la faim et si possible, la faire totalement disparaître ».

Malgré sa franchise la sœur supérieure décide quand même de la révoquer.

Emue par cette leçon d'humilité que Nicole vient de donner à la sœur supérieure, sœur Vanessa prend sa défense en s'opposant à sa révocation. La sœur supérieure lui donne une punition pour s'être interposée entre elle et la cuisinière, punition qu'elle a purgée avec joie parce qu'elle a su rester fidèle à elle-même comme toutes les femmes vraies qui ne se départissent jamais de leurs valeurs.

LA TROISIEME LETTRE DU MOT FEMME SIGNIFIE MARIAGE

Juin 1956, Odin Joly originaire de Port-au-Prince, docteur en médecine, spécialiste en épidémiologie et maladies parasitaires du Service National d'Eradication de la Malaria (SNEM), est envoyé dans les villes côtières du Sud par son ami et camarade à la faculté de médecine de Jamaïque, Louis Charles Déjoie Ier, candidat à la présidence, dans le cadre de son programme d'éradication de la malaria, de la fièvre porcine et de la grippe aviaire en Haïti. De caractère jovial et plein d'humour, le médecin fait tout ce qu'il veut et tout ce qu'il a à faire sous le couvert de l'humour. Odin est bavard, tous les enfants l'aiment et les jeunes apprécient sa compagnie. Mais, toutes ses qualités ne priment pas sur sa vantardise. Sa popularité lui donne une sorte de force et de puissance pour convaincre parents et jeunes filles mais, pour son malheur, il n'a jamais cherché à connaître ses faiblesses afin de pouvoir être vraiment fort. Il inspire confiance aux pères et mères des jeunes filles car, ils voient en lui quelqu'un de bien, un homme aimable et gentil. Lorsqu'il déclare sa flamme à une demoiselle, celle-ci n'hésite pas à accepter car son côté humoristique laisse croire qu'il sera un bon époux, un bon ami, un bon frère et pourquoi pas aussi un bon père.

Un matin, le docteur Odin fait la rencontre de Nicole assise sous un manguier devant sa maison. Ses regards le font trembler et depuis lors, il ne peut s'empêcher de la revoir chaque jour. Il soupire après elle. En tant que docteur en médecine, son verbe est fort élégant mais, côté poétique, elle ne vaut rien. Par conséquent, il ne perd pas son temps en mots inutiles et mensonges de politesse car, avoir Nicole dans son lit devient pour lui une obsession.

La jeune femme, de son côté, par crainte d'être déçue une troisième fois, se laisse cette fois-ci guider par la raison au lieu de se laisser emporter par la passion. Elle utilise les vertus du silence et parfois l'élégance de phrases courtes pour répondre aux longs discours du charmant médecin.

Pour le médecin, la faiblesse économique de Nicole n'est pas une montagne à déplacer mais une petite colline à écraser. Ses deux enfants ne sont pas un fardeau à soulever mais une noble possibilité de se montrer généreux. La différence de niveau académique entre Nicole et lui n'est pas un fossé à combler mais un canal sur lequel on n'a qu'à jeter un pont. Pour lui, tout cela n'est rien d'autre qu'un des multiples méfaits de la vie.

Tout ce que Nicole lui dit est bien. Ses vœux sont déjà exaucés avant même qu'ils soient formulés. Le seul fait que dans son imagination, la demoiselle fera bel effet dans son lit quand elle sera nue, Odin ne donne pas une bonne orientation à son caractère. Il lui multiplie ses promesses sans se rendre compte qu'il est en train de faire descendre le ciel à ses pieds sans savoir d'avance s'il pourra le faire remonter.

Après huit mois d'une cour assidue, il a enfin convaincu la jeune femme beaucoup plus par la raison que par les sentiments car le seul homme qu'elle n'arrive pas à oublier jusqu'à présent est celui qui avait pris sa virginité. Après seulement un mois de flirt, le docteur animé par le brûlant désir d'avoir Nicole dans son lit, demande sa main à sa grande sœur Mathilde. Celle-ci l'informe que Nicole a déjà deux enfants. Le docteur réplique que peu lui importe qu'elle en ait deux ou dix, cette demoiselle est l'amour de sa vie.

« Je veux l'épouser », lui dit-il. *« Si tu veux que je te paie la dot, aucun problème. »*

« De quelle dot me parles-tu ? N'as-tu pas entendu que Nicole a déjà deux enfants ? »

« Cela m'est égal » lui redit-il.

Voyant la nette détermination du médecin d'épouser sa sœur, Mathilde veut le décourager de crainte que Nicole ne soit plus heureuse qu'elle à l'avenir. Devant l'insistance du docteur qui ne veut pas lâcher prise elle l'exhorte à aller parler à son père. Le problème est que tout le monde, sauf Mathilde, ignore le lieu de résidence de ce dernier depuis 1934.

Pour le retrouver, le docteur Odin demande au puissant candidat Louis Déjoie 1er de l'autoriser à faire un recensement dans toutes les villes côtières du Sud afin de faire une provision significative de vaccin contre le pian.

Le puissant candidat félicite son camarade pour son idée géniale et lui envoie rapidement un personnel de terrain pour matérialiser son idée. Un membre de ce personnel qualifié se rend chez Mathilde pour recueillir des informations statistiques au sujet de chaque personne de sa famille. Ainsi, elle l'informe que son père Jean Charles Faubert vit à Dalmet, troisième section rurale de la commune de Tiburon, située à cinquante kilomètres de la ville.

Docteur Odin est allé lui-même commencer le recensement à Tiburon parce qu'il a hâte de se marier pour avoir Nicole dans son lit. Cinq jours après, il retrouve les traces de Mr Faubert. Le soir du même jour le docteur se présente chez le paysan et une amitié commence à se tisser entre les deux hommes.

Lorsque le docteur arrive, beaucoup de gens de la section rurale s'amènent et il consulte gratuitement les enfants, les jeunes filles et les vieillards. Il leur distribue de la chloroquine pour la malaria, des antibiotiques pour certains types de fièvres et du liquide antiseptique pour stériliser l'eau de toilette des femmes. Enfin, il distribue des vitamines pour les personnes âgées. Le docteur Odin demande à Déjoie de lui dépêcher une femme gynécologue car les taux de mortalité néonatale et infantile sont si élevés que les matrones sont contraintes d'affirmer que c'est le méfait des loups garous de la zone. Depuis l'arrivée de la gynécologue, nul enfant n'est mort à la naissance encore moins les mères. Il lui envoie également Renaud Barthélemy, un agronome spécialiste en médecine vétérinaire pour résoudre le problème de mortalité dans le monde animale en inoculant aux animaux des vaccins contre la fièvre porcine et la grippe aviaire.

Le médecin vétérinaire est un homme de tempérament calme et sournois, ce qui lui a valu la confiance des parents des jeunes filles qui voient en lui un homme sérieux. L'amour de Renaud pour l'agriculture et l'élevage est si remarquable, chaque matin il passe voir les animaux des habitants pour les soigner et éliminer les parasites qui affectent dangereusement leurs récoltes.

Le jour de la fête patronale de la localité, Charles Faubert et les notables ont concocté une fête en l'honneur du docteur et des autres membres de son groupe médical pour les remercier de leurs inestimables bienfaits. En la circonstance, l'honorable invité prend aussi la parole devant l'auguste assemblée de planteurs pour les remercier de leur amabilité. Pour prouver sa sincérité, le docteur profite pour demander au père la main de la demoiselle. Ce dernier n'a pas de mot pour exprimer sa joie tant il est ému par l'étonnante franchise du docteur. Il considère comme un honneur le fait qu'un éminent médecin vienne jusqu'ici pour lui demander la main de sa fille. Tous les invités sont tellement contents, on dirait que leur joie devient palpable. Ils scandent en chœur que le docteur vient de faire le meilleur choix de toutes les villes côtières à cause des bonnes mœurs et de la pudeur de Nicole. Après le consentement du père et de la fille, le mariage est fixé et les bans sont publiés le samedi 2 juin 1957.

DECES DU PERE D'ALIX

Lundi 14 mai 1957, exactement à 12h a.m, trois semaines et deux jours avant le mariage de Nicole, le père d'Alix meurt dans des circonstances qui demeurent inconnues jusqu'à ce jour. On parle d'un litige entre le père de Bernard, un ami de son fils, et lui, concernant 20 hectares de terres agricoles bien irriguées par la Grande-Rivière dont le droit de rachat devrait lui revenir. Alix, âgé alors de 29 ans, et sa sœur Patricia de 35 ans, sont rentrés, elle de Cuba et lui de France pour les funérailles qui doivent être chantées neuf jours après dans l'Eglise catholique Saint-Michel de la paroisse de Roche-à-Bateau.

Les amis du défunt viennent présenter leurs condoléances à la famille éplorée. Au lieu de se recueillir en mémoire du disparu, ils s'amusent à parler d'héritiers et d'héritage. Ce mercredi 23 mai 1957, à 4 heures de l'après-midi, l'Eglise Saint-Michel est remplie, c'est le jour des funérailles. Tout un chacun se fait une obligation d'aller rendre un dernier hommage à ce nanti du bourg qui s'en va. Au commencement de la cérémonie funèbre tout est relativement calme mais, pendant que le prêtre prononce son homélie en mettant en exergue les qualités du défunt, le vent se met tout à coup souffler. Le temps devient sombre. Dans le ciel, d'épais nuages noirs et gris foncés esquissant des formes de corps d'animaux mais de figures humaines se meuvent. L'orage se déchaîne mais il est loin de pleuvoir. Fort de ses connaissances mystiques, le prêtre a compris tout de suite que le défunt est quelqu'un que la terre s'est empressée d'ensevelir car il avait commis le crime de kidnapper Mathob, la première née de Nicole au profit de sa fille Patricia.

Trois jours après les insolites funérailles de son père, le samedi 26 mai 1957, monsieur Alix Ruben Gaétan se rend aux Anglais espérant rencontrer Nicole, onze ans après la naissance de Mathob. Arrivé chez elle il la trouve plus mature mais aussi belle que la première fois qu'il l'avait rencontrée. Il l'implore de ne pas se marier :

Alix – *Je suis revenu pour te demander pardon, pour te dire de ne pas te marier car je suis revenu spécialement pour toi.*

Nicole – *Je vois maintenant que tu es un grand garçon Alix, alors ce n'est pas nécessaire de mentir, tu es revenu pour la mort de ton père.*

Il feint de ne pas comprendre et continue à parler.

Alix – *Je sais que tu vas épouser un docteur.*

Nicole – *Je vois que tu es bien informé mon cher ! Et alors ?*

Alix – *Je suis revenu de France Nicole...*

Nicole – *En quoi cela me regarde-t-il ?*

Alix – *Le docteur avec qui tu vas te marier n'est pas plus grand que moi.*

Nicole – *Où veux-tu en venir, mon cher ?*

Alix – *J'ai un diplôme en économie. Je suis étudiant en diplomatie à la Sorbonne.*

Nicole – *Et alors ! Même si tu avais eu tous les diplômes de toutes les universités d'Europe, cela aurait été ton affaire. Moi j'ai déjà donné mon cœur à quelqu'un d'autre. Quand je m'étais donné à toi, je pensais que c'était de l'amour mais je m'étais lourdement trompée. Aujourd'hui je me rends compte qu'à cette époque-là j'avais commis une erreur au cours d'une récréation à l'école de la vie dont les prêtres étaient mes très humbles professeurs. La* récréation *est* finie, *Alix. Aujourd'hui c'est ma* Re-création.

En pensant à sa fille, des larmes ruissellent sur ses joues. Alix pense que ce sont des larmes de regrets, regrets de perdre pour toujours celui qui avait pris sa virginité. Il était loin de la vérité. Lorsqu'il tente de la toucher pour la consoler, elle le repousse et lui dit :

« Si tu étais vraiment un futur diplomate, ou pour le moins un bon élève en diplomatie, tu me ramènerais ma fille Mathob que ton père a donnée en cadeau à ta sœur. Même si aujourd'hui son absence m'attriste, je prends courage car je suis sûre qu'un jour je la reverrai parce que là-haut dans le ciel il y a un DIEU qui voit tout et qui impose sa justice. »

Deux semaines plus tard, le samedi 2 juin 1957, le mariage de Nicole et du docteur est célébré en toute simplicité en l'Eglise Immaculée-Conception par le père Giovanni Dos Santos qui est aimé et qui est haï à la fois pour son caractère ferme. Vêtue d'une belle robe blanche mais non voilée, Nicole est dans toute sa splendeur. Pour la solennité du jour des noces, Odin avait prévu que son ami candidat conduirait son mariage. Malheureusement ce dernier ne peut pas venir, c'est son petit frère Camille qui le remplace. C'était un des moments les plus heureux de la vie de Nicole depuis 1928.

Le discours du parrain traduit toute la beauté du mariage sans oublier bien sûr ses corollaires. Son message est devenu tellement célèbre qu'aujourd'hui encore il est sur les lèvres des vieux de 70 ans :

Auguste assistance !

Madame la nouvelle mariée !

Autrefois je disais que je ne conduirais jamais un mariage au cours de ma vie car, tous ceux que j'avais vus n'avaient été jusqu'à cet instant que synonyme de démagogie.

Aujourd'hui, je m'en voudrais de ne pas dire que c'est un honneur de conduire le vôtre car je vois que c'est un ange de blanc vêtu qui se tient en ma présence.

Madame la mariée !

Il y a en toi quelque chose qu'on trouve seulement chez les nouveau-nés et que malheureusement nous, les hommes, ne sommes pas assez sages pour le sauvegarder au fil des années. Je veux dire cette mystérieuse chose qui s'appelle humilité.

L'humilité, cette maîtrise de soi et de la force pour triompher des cœurs les plus durs, est en toi depuis ta naissance ma chère, car, l'expression de tes regards me le confirme.

Aujourd'hui je suis heureux de voir que tu la portes encore au fond de toi, c'est elle qui fait de toi ce soir la plus jolie et la plus merveilleuse de toutes les mariées que je n'aie jamais vues. Félicitations.

Quel beau discours !

Après l'énoncé de ce fameux discours, le marié embrasse son petit frère et le félicite d'avoir traduit exactement ses pensées. Il le remercie d'avoir trouvé les mots qu'il cherchait depuis si longtemps et que malheureusement il ne pouvait pas trouver pour dépeindre son amour dans sa forme la plus élevée. Soudain, animé par une sorte de magie venue de nulle part, est-ce l'esprit de Rimbaud ou celui d'Oswald Durand qui l'inspire, on ne le sait pas pour parfaire le discours de son petit frère, Odin déclare à son épouse :

Toi, Nicole, l'amour que je te porte est une communion.

Puisque communion signifie partage, alors je partagerai avec toi tout ce que j'appelle mien.

Toi, mon amour, je t'offre tout ce que je suis, mes moments de joie aussi bien que mes moments de désirs et d'intense bonheur seront également toujours tiens.

Puisque c'est toi qui seras toujours mon amie je partagerai également avec toi toutes mes illusions, mes pensées, mes espoirs et mes doutes parce que, aimer signifie partager.

Tout ce que je possèderai dans ma vie sera entièrement à toi car je n'aurai personne dans ma vie autre que toi ma bien-aimée.

Comme je l'éprouve chaque jour avec l'aurore quand la nuit s'efface, je te jure chérie, face à cette auguste assistance, que je saurai éprouver cette communion avec toi pour toujours.

Je saurai encore communier exclusivement avec toi comme je le fais avec l'angélus et la constellation quand décline le jour.
Je saurai enfin tirer mon bonheur dans cette fusion de nos deux cœurs et de nos deux corps, cette fusion que j'avais toujours désirée depuis la première fois que je t'ai vue.

Odin a oublié que le parrain avait déjà prononcé le discours de circonstance et que tout le monde allait trinquer en leur honneur. Comme un papillon qui était pris dans une toile d'araignée et qui par une sorte de magie a recouvré sa liberté, sa langue est déliée, on dirait qu'elle s'est détachée de son palais, il continue...

Maintenant, Nicole, je me sens ouvert au monde car, tu es ce trait d'union qu'il me fallait.

Aujourd'hui j'éprouve toute la beauté et la richesse de ce monde car, tu es cette pierre précieuse qui me manquait.

Si vous le permettez, auguste assistance... j'oserai dire que je me sens grandir jusqu'aux limites de l'infini.

Je me sens en promenade sur les hauteurs des cieux, de ce fait, je vous promets de communier avec Nicole jusqu'à la fin de mes jours comme je suis en train de le faire maintenant avec le firmament étoilé.

Quelle belle suite de discours !

La fête a duré fort tard dans la nuit. Le lendemain une autre réception était prévue pour les dignitaires locaux et quelques autorités de haut rang venues directement de la ville des Cayes, parmi lesquelles Louis Charles Déjoie Ier. Cependant un habitant très influent de la ville vient implorer la mariée afin qu'elle dise à son époux de ne pas organiser cette réception car les fêtes nuptiales de la veille les avaient empêchés, lui et ses collègues, d'aller dans le monde des esprits invisibles pour assister à une cérémonie d'allégeance à Satan. Hier, des myriades d'anges leur avaient barré la route.

Nicole, sachant l'importance que revêt cette réception pour son mari, n'ose pas lui souffler mot car, pour rien au monde, encore moins, pour les caprices de ce fainéant et de ses pairs, il ne reviendra sur sa décision. Le lendemain dans la soirée, le décor est bien planté pour recevoir les honorables invités locaux et étrangers. Le puissant candidat à la présidence tant attendu Louis Charles Déjoie Ier, n'est pas venu, mais il se fait représenter par sa fille aînée Marie Inesse Déjoie accompagnée de son fiancé et de ses trois gardes du corps lourdement armés. Inesse, fille sobre et de grande vertu mais qui affectionnait les boissons alcoolisées, s'assoit tout près de Nicole mais ne se déplace pas quand celle-ci s'active pour saluer certains invités. En un instant elles ont sympathisé comme si elles s'étaient déjà rencontrées et, dans l'espace d'une soirée, elles deviennent de vraies amies. Inesse lui conseille de faire la photocopie de son acte de mariage et de garder l'original aux archives de l'archevêché car selon les informations recueillies, les Port-au-Princiens aiment garder leur acte de mariage afin de pouvoir divorcer quand bon leur semble et se remarier autant de fois qu'ils le désirent.

La réception est vraiment somptueuse. Marie Inesse demande de lui jouer de la musique compas car les classiques de Beethoven ne marchent pas de pair avec son rhum Barbancourt et son Black Label.

La première musique compas diffusée transforme la réception en bal de salon. Les fêtards dansent jusqu'à 5 heures du matin le lendemain. Fait insolite, les gardes du corps d'Inesse n'ont pas fait entendre comme d'habitude le cliquetis de leurs armes alors qu'ils étaient un peu ivres. A 8 heures du matin Inesse retourne chez elle avec l'acte de mariage de son amie.

À midi, ce même jour, un groupe de six hommes sont venus voir Nicole. Ils lui adressent des reproches pour avoir quand même organisé la réception alors qu'un messager l'avait imploré de ne pas le faire. Tandis que deux d'entre eux la dévisagent dans le but de lui faire baisser les yeux, les quatre autres lui profèrent de grossières injures. Ils disent à Nicole que leur grand maître est très en colère du fait que beaucoup d'habitants de la terre continuent à l'appeler *Satan le diable*. Il veut qu'on l'appelle *Somodieu de deux cœurs*. Il va considérer leur absence comme un acte de rébellion et désormais ils sont passibles de jugement devant le juge Nabab secrétaire particulier de leur maître.

Avec son calme habituel, Nicole leur répond : « *Messieurs, avec tout le respect qui vous revient, permettez-moi de vous rappeler que fête est synonyme de joie. Fête est une des multiples démonstrations de la grandeur du divin CREATEUR qui donne son agrément à la personne qui l'organise et c'est aussi une manifestation de SA présence là où elle tient lieu. Je suis désolée pour vous messieurs, si je m'opposais à l'organisation de la fête d'hier soir, je serais aujourd'hui, tout comme vous, passible de jugement devant mon Seigneur El Shaddaï »*

Ils disent à Nicole : *« Puisque c'est ainsi, on verra qui gagnera la guerre que tu viens de nous déclarer par ton insolence. »*

Nicole réplique : *« N'y pensez même pas car vous ne pourrez pas emporter même une bataille, contre moi. »*

L'espace d'un cillement, Nicole ne les voit plus.

*****

Le mariage de Nicole avec le docteur est un événement extraordinaire. Un docteur en médecine, originaire de Port-au-Prince, qui épouse une simple servante est un honneur pour toute la jeunesse féminine de la ville. Ce mariage a exacerbé l'orgueil de toutes les jeunes filles qui, dorénavant, ne veulent plus épouser les garçons du bourg à moins qu'ils soient médecins ou autres. Ce mariage suscite aussi la jalousie des uns et des autres qui voient dans cet évènement que la ville se transforme en une petite république dont Nicole est la seule première dame. A partir de ce jour, tout le monde vient solliciter son avis avant de prendre une décision.

Un jour, un jeune couple vient faire part à Nicole de leur désir d'inaugurer un restaurant dansant et lui demande des conseils. Inspirée à l'instant même par une puissance supérieure, elle leur dit : *« Si vous préparez trop de nourriture vous ne vendrez pas toute la quantité car non seulement les gens ne vous connaissent pas encore, mais ils ne sont pas nombreux ceux qui ont l'habitude de manger au restaurant. Faites de la nourriture en petite quantité mais si appétissante que tous ceux qui désirent en acheter ne puissent pas aisément en trouver. Alors, cela suscitera en eux l'envie d'acheter lorsqu'ils auront appris que la nourriture est très appétissante et que la quantité est limitée. Ainsi ils se hâteront de venir. Préparez des douces au lait pour les enfants ce qui obligera leurs parents à venir vous visiter. »*

Elle leur dit encore :

« Le soir, transformez l'espace du restaurant en deux parties, une pour une piste de danse et l'autre comme un espace de détente avec un bar où les gens peuvent s'acheter de la bière et d'autres boissons alcoolisées. Mais, ne les laissez pas venir au Bar pour payer avant de consommer. Laissez-les à leur place, allez recevoir et exécutez leurs commandes. Passez auprès d'eux lorsque vous aurez remarqué que leurs verres sont presque vides. Soyez tout près d'eux pour qu'ils n'aient pas besoin de vous appeler très fort au cas où ils voudraient quelque chose d'autre. Enfin quand ils auront fini, vous facturerez la consommation.

Ayez soin de recevoir les vieux comme les jeunes car la jeunesse n'est pas un moment de la vie, mais un état d'esprit. Si dans d'autres localités du département du Sud il y a des gens qui n'ont pas conscience de leur jeunesse et qui désertent leurs idéaux, c'est le contraire pour les habitants de cette ville. Malgré leurs cheveux blancs, ils forment toujours des projets audacieux qu'ils veulent réaliser. Ce sont des gens qui ont des rêves grandioses. Les années rident leur peau c'est vrai mais l'enthousiasme rajeunit leur cœur. Le doute, la peur, le désespoir, ces vocables n'existent pas pour eux, ils ont laissé loin derrière eux le chemin déjà parcouru et foncent droit vers des cimes plus élevées malgré leurs rides et leurs cheveux blancs. Si vous faites ainsi, votre Bar et Restaurant sera plus qu'une adresse mais une référence pour l'organisation des réceptions de baptême et de mariage. »

Les conseils de Nicole plaisent énormément au jeune couple. Un mois plus tard, « Lover's Bar & Restaurant » établit sa suprématie à l'angle des rues Saint-Joseph et Sainte-Anne.

Le couple a expliqué qu'en donnant ce nom commercial à leur restaurant pour attirer beaucoup de clients, ils font aussi allusion à tous les amoureux. Non seulement les jeunes mais tous ceux qui ont déjà vécu la moitié de leur vie, ceux qui comprennent que l'amour n'est pas seulement une très forte émotion passagère, mais une exaltation permanente qui se renouvelle chaque jour. Enfin ceux qui savent que l'amour n'est pas une rue à sens unique mais une équation réversible dont le respect et la tolérance sont les éternels et principaux paramètres.

AFFIRMER C'EST PRIER

Le 10 mars 1958, on téléphone au docteur Odin qui était avec ses proches du côté de Titanyin. On le presse de rentrer tout de suite aux Anglais car sa femme ne se porte pas trop bien. Pendant qu'il est en route, on l'informe que ce n'est pas nécessaire d'arriver jusqu'aux Anglais car on l'a déjà emmenée à l'hôpital général de la ville des Cayes grâce à la générosité du Maire qui était de passage. Arrivé à l'hôpital, la secrétaire l'informe que sa femme occupe la chambre numéro 18. Il y entre en trombe et constate le visage pâle de son épouse qui est en proie à de vives douleurs. Le médecin accoucheur informe Odin que sa femme court le risque de faire une éclampsie mettant en péril la vie du bébé et de la mère. Il explique, sur un ton presque lugubre, que les patientes le plus souvent perdent la vie.

Une chose incompréhensible. Comment se fait-il que Nicole soit aussi calme alors qu'elle souffre ? Elle supporte la douleur avec humilité, courage et bravoure. Quelque chose appelé héroïsme coule dans ses veines. Ce qui se dessine sur son visage laisse penser qu'elle livre un combat contre on ne sait qui ou quoi. Le col de l'utérus ne s'ouvre pas. Le bébé est coincé. Le regard anxieux, ayant l'air d'une personne qui cherche du secours et qui n'en trouve pas, elle demande à son mari et au médecin de faire sortir tout le monde de la chambre. De sa voix grave et tremblante, elle insiste que dans cette pièce il y a encore six hommes qui étaient une fois venus la voir et une femme dont elle connaît la corpulence mais qui se couvre le visage. Ils sont venus avec une armée qui fait beaucoup de bruit dehors. En voyant que son mari et le gynéco ne l'ont pas comprise, elle crie quelque chose en langue perse :

Jeesus ! Jeesus ! Ne ovat Siella vain auttaa minua Herra.
Ce qui signifie :

Jésus ! Jésus ! Ils sont là, vient à mon secours, Seigneur.

En entendant le mot perse *Siella*, les deux médecins, pensent qu'elle est en train de divaguer. Finalement ils sortent et restent derrière la porte. Soudain, ils l'entendent dire *Nào !!!*

Et elle commence à chanter avec tristesse un cantique en créole :

Anvan solèy la kouche, tout pitit Bondye yo rasanble.

Li konte tout epi li fè yo antre nan limyè l.

Mechan yo deyò a, yo ankòlè, paske yo wè yo deja pèdi lagè.

Ce qui signifie en langue française :

Avant que le soleil se couche, les enfants de DIEU se rassemblent.

IL les compte tous, puis Il les fait entrer dans sa lumière.

Les méchants sont dehors, ils sont en colère, parce qu'ils voient qu'ils ont perdu la guerre.

La bataille est rude. Nul ne pouvait prédire que ses anciens amis le père Joan Boucher et le père Marty Le Touré seraient à l'hôpital général de la ville ce jour-là. Mais, ils étaient dans la chambre numéro 25 pour administrer le dernier sacrement à un malade sur le point de rendre l'âme. Ils s'apprêtaient à allumer les bougies qu'ils avaient apportées avec eux, quand soudain, une brise qui souffle par la fenêtre leur apporte le son d'une complainte. Cette voix courageuse mais triste et plaintive leur semble familière. Après quelques secondes d'écoute, ils réalisent bien vite que c'est la voix de leur amie Nicole. Rapidement, ils laissent la salle 25, courent à la salle 18, poussent carrément la porte et entrent. Ils réalisent l'ampleur de la bataille que livre leur amie contre sept âmes invisibles. Les deux prêtres fredonnent le *Magnificat* comme Nicole leur avait ordonné de le faire le jour du traitement du père Jordan. Elle souffre mais, au lieu de pleurer, elle entonne un autre cantique en langue galicienne :

> *Xérusalén Xérusalén ! Cidade de Deus...*
>
> *A batalla é dificil.*
>
> *Vena no meu auxilio,*
>
> *Eu quero ganar a guerra.*

Ce qui signifie :

> *Jérusalem ! Jérusalem ! Cité de Dieu...*
>
> *La bataille est difficile.*
>
> *Vient à mon aide,*
>
> *Je veux gagner la guerre.*

Minuit. Les cloches de la cathédrale carillonnent. Les cheveux de Nicole se dressent sur sa tête. L'aurore ne se presse pas de chasser les ténèbres. Une sorte de tonnerre se fait entendre. Dehors des gens se lamentent. On peut entendre des pas de chevaux qui s'enfuient. Au dernier coup de minuit de l'horloge de la cathédrale, le liquide amniotique coule et l'enfant sort avec ses deux petits poings bien fermés et en pleurant comme un ange en colère. Le médecin dit que c'est la première fois qu'il voit un nouveau-né en colère. Lorsque Nicole appelait *Jérusalem, Jérusalem, cité de DIEU* à son aide, elle avait LUI avait demandé d'envoyer l'armée des anges à son secours.

Nicole est emportée par un profond sommeil, elle se réveille 30 minutes plus tard et contemple son enfant. Les prêtres sont restés à l'hôpital jusqu'à 6 heures du matin. Ils bénissent le bébé et sa mère, ils exorcisent la chambre avec de l'eau bénite et de l'encens. Ils demeurent au presbytère de la ville jusqu'à ce que Nicole laisse l'hôpital. Par reconnaissance pour le divin CREATEUR qui avait envoyé la Jérusalem céleste à son secours, elle donne à sa première fille légitime le nom de *Shekinah* qui signifie « Présence glorieuse de Dieu » en langue juive.

Nous sommes le 20 octobre 1957, sept mois et dix jours après sa naissance. Shekinah tombe malade. Au cours de la journée, elle ne cesse de pleurer en tenant sa tête avec ses petits poings bien fermés, comme si elle voulait indiquer l'emplacement de sa douleur, signe inhabituel pour un enfant de cet âge. Odin, en qualité de médecin, dit à sa femme que l'enfant souffre de maux de tête, comme l'indique son geste. Nicole lui dit que non, qu'il s'agit de mal au ventre. *Discussion* ! N'étant ni pédiatre ni neurochirurgien, Odin, accompagné de sa femme, emmène l'enfant en ville pour qu'il soit consulté par un ami pédiatre. Celui-ci l'ausculte mais son diagnostic ne révèle rien alors que l'enfant continue à pleurer comme si un couteau le transperçait.

Le mari de Nicole insiste, le nourrisson souffre de maux de tête. Bien que le diagnostic n'ait rien révélé, le pédiatre partage l'avis de son ami tandis que Nicole affirme le contraire. Elle insiste toujours que son enfant souffre d'un mal au ventre, ce qui suscite la colère de son mari. Pire, le pédiatre est fâché contre la femme de son ami pensant que qu'elle veut mettre en doute ses connaissances en médecine. Ce qui met les deux amis médecins en porte-à-faux par rapport aux nombreux parents qui attendent leur tour avec leurs bébés. Peu importe ce qu'ils pensent, *sous-estimer le pouvoir curatif de la médecine* n'est pas dans la pensée de Nicole.

Avec toute sa simplicité, une de ses valeurs individuelles, elle demande à son mari de lui acheter du tafia, un morceau de savon à base de chlore et un morceau d'aloès au marché en fer de la ville qui est situé sur la première grande rue. Avec de la gentillesse, encore une de ses valeurs individuelles, elle demande à l'orgueilleux pédiatre de lui prêter une cuvette désinfectée à l'eau de Javel et à moitié remplie d'eau froide. Elle fait un mélange, lave le ventre de son bébé qui se calme au fur et à mesure. Après quinze minutes, le bébé ne pleure plus. Il sourit et touche gracieusement le visage de sa mère comme pour la remercier.

Après cela, son mari est confus et honteux devant sa femme. Il n'ose pas dévisager son ami pédiatre de crainte que l'expression de ses yeux ne traduise, malgré lui, ses sentiments sur la compétence de ce dernier. Le pédiatre, qui s'était formalisé, s'avance vers Nicole et lui demande pourquoi elle était si convaincue qu'il s'agissait de douleurs au ventre et non de maux de tête. Elle lui répond avec tout son naturel :

« Docteur, ce ne sont pas des choses que nous avons apprises à l'université. Nous femmes d'Afrique terre de nos ancêtres et femmes du mondes entier nous sommes nées avec nos connaissances et nos valeurs parce que nous sommes tirées d'un produit qui a été déjà

sanctifié et glorifié par DIEU lui- même. Ce produit qu'on appelle homme.

Alors, vous les hommes, si vous refusez de vous vous dépouiller de ce que vous êtes devenus pour épouser pleinement les vertus impérissables de ce que vous êtes réellement, si vous refusez de mettre en évidence vos valeurs individuelles en lieu et place de votre personnalité, il vous sera impossible de nous comprendre et de savoir ce que nous sommes exactement. Laissez-moi vous dire docteur, c'est le cri du bébé qui identifie sa douleur. Il n'y a que les mères qui le savent car, nous, femmes d'Haïti, femmes d'Afrique et du monde, penchons vers l'affirmation depuis notre naissance. Quelles que soient les circonstances difficiles dans lesquelles nous nous trouvons, nous atteindrons infailliblement notre but avec une efficacité sans limite. »

PRINTEMPS 1968, ONZE ANS APRES LE MARIAGE

La vie de Nicole n'est pas toujours heureuse. Si les préludes à l'amour, la solennité de la cérémonie nuptiale et la somptuosité de la réception laissaient présager un mariage heureux, à l'automne de la deuxième année de leur mariage, c'est-à-dire un an et demi après la naissance de Shekinah, des signes de mauvais augures font leur apparition pour le futur du couple. La première mésentente découle de la décision du docteur de ne plus rentrer chez lui chaque trois jours, comme il en avait l'habitude dans le cadre de son travail d'éradication du pian et de la malaria, mais chaque trois mois.

Nicole ne prétend pas passer cette longue absence toute seule à la maison avec un nourrisson. Pour la consoler, son époux lui dit que c'est pour le bien du foyer car il veut gagner beaucoup d'argent en vue de fonder un centre de santé communautaire. Pourtant, gagner de l'argent n'est pas le vrai motif de ses longues absences, il en profite de préférence pour séduire beaucoup de filles.

Deux ans après la naissance de Shekinah, Nicole est de nouveau enceinte mais le centre de santé communautaire n'a pas encore vu le jour. Toujours dans le cadre de son travail à caractère sanitaire, des fois, Odin repart le jour même de son arrivée. Nicole est fière que son mari fasse un travail noble qui plaît au Seigneur c'est-à-dire, parcourir toutes les localités du département du Sud pour soigner certaines épidémies et organiser des séminaires de prévention contre les maladies endémiques. Mais au lieu de parcourir toutes les localités pour y apporter des soins médicaux, il ne fait que courir les jupes.

Six mois après, il est de retour à la maison. Ne pouvant expliquer à Nicole ses exploits de coureur de jupes, il lui explique les merveilles que son compagnon médecin vétérinaire et lui accomplissent dans leurs domaines et combien ils sont bien traités par les habitants. Cependant, les jeunes filles que les deux médecins courtisent ne sont pas toutes filles de simples cultivateurs. Leurs pères sont, pour la plupart, des directeurs régionaux de sociétés de vampires. Bien qu'Odin et son compagnon le sachent, ils n'en ont cure parce qu'étant médecins des habitants de ces zones reculées, ils prétendent être leurs dieux.

Un jour, Odin explique à sa femme comme on le traite bien. Elle lui répond que la fraîcheur de son visage confirme ses paroles mais son intuition féminine lui dicte le contraire car, en rêve elle a vu une princesse enceinte du mari d'une autre femme. Le roi, furieux, condamne le coupable à une mort lente et douloureuse pour se venger de l'offense faite à sa fille. Au moment de l'accouchement on emmène la princesse à l'hôpital où elle passe deux jours. Mais ce n'est pas elle qui souffre, c'est le père de l'enfant qui se tord d'une douleur si forte que cette dernière a finalement raison de lui. *« Quel drôle de rêve ! »* lui dit-il. Puis il se retire dans une autre pièce.

Au cours de ses longues absences, pour satisfaire son besoin de réchauffer son lit et pour ne pas dormir seul, il se procure des filles. En été, pour ne pas se baigner seul dans cette partie très bleue de la mer des Antilles, il en fait de même. Au printemps les fleurs de jasmin sont pour Narie Laura Bazile, les hibiscus sont pour Rose Aliette, les roses rouges pour Florence Georges. Enfin, chaque type de fleur a une destinataire spéciale.

Après avoir passé huit jours avec Nicole, il est reparti pour ses activités dans l'arrière-pays et depuis lors, il n'est jamais revenu. Les 500 gourdes laissées pour les cinq enfants qu'ils ont maintenant ne peuvent pas subvenir à leurs besoins. Mais, aujourd'hui 5 octobre 1968, grâce à ses qualités de femme qui sait transformer *l'impossible* en *possible*, Shekinah est en Moyen I, Gilbert en Élémentaire I, Dodo est en Préparatoire I et Marie Jérusalem en préscolaire. Ce droit à l'éducation qu'ont tous les enfants du monde et que malheureusement Mathilde ne lui avait pas offert, elle l'avait donné à Bernadette qui continue ses études pour l'obtention du brevet à l'école professionnelle Elie-Dubois de Port-au-Prince.

Nicole n'a pas fait de grandes études. Elle a étudié jusqu'aux cours élémentaires II, mais elle aimait beaucoup la lecture. Au presbytère, elle lisait des livres qui lui apprirent à former son caractère tels que *Les belles histoires de la Bible, Les plantes et légumes d'Haïti qui guérissent.* Durant les moments de détente que le docteur passait chez elle, il laissait parfois des bouquins médicaux qui enseignent comment composer des élixirs et quelle devait être la proportion exacte des ingrédients de fabrication de comprimés.

Avec les connaissances acquises, elle compose des médicaments contre les maux de tête, les douleurs au ventre, la fièvre jaune et la typhoïde, des comprimés antigrippaux et du sérum oral pour les enfants souvent déshydratés.

Avec ses économies, plus un cadeau de 5,000 gourdes que père Giovanni lui avait donné, elle achète de l'alcool, de l'eau de javel, des piqûres, du sérum oral, du sérum intraveineux, des vitamines C, des bandages et des gants. En plus de cela, elle reçoit de la Croix-Rouge canadienne un don de quatre boîtes de produits pharmaceutiques fabriqués par les laboratoires Gallia.

Chez elle, au numéro 12-A de la rue Saint-Joseph, elle ouvre la première pharmacie de la ville, qui porte le nom de Mathob RX, en hommage à sa fille aînée kidnappée depuis 1948 par Louis Pressoir, le père de son premier amant. La fillette était alors âgée de deux ans seulement.

Mai 1968, onze années après la mort de Louis Pressoir, Alix, âgé de 44 ans, marié à une Française et père de deux garçons, est revenu à Roche-à-Bateau pour faire chanter une messe de requiem en mémoire de son père. Avec un master en économie, il travaille pour un salaire raisonnable à la maison Renault Motors Ltd. Il mène une vie heureuse avec sa femme et ses enfants. Toutefois il n'arrive toujours pas à oublier le premier baiser que Nicole lui a donné. Un désir ardent le dévore. Il repart à sa conquête.

Arrivé aux Anglais, il rencontre Nicole qui est maintenant âgée de 40 ans. Il la salue par un baiser sur la joue. Bien qu'un peu abattue par le poids des difficultés, Nicole a un regard qui ne cesse de vous porter à vous interroger sur son comportement au lit. Il remarque son corps toujours canon sous sa robe au tissu un peu transparent. Il recommence à lui faire la cour avec les mêmes mots utilisés le 23 septembre 1945 au presbytère.

Nicole lui dit : « *Es-tu sûr de faire de mes problèmes tes problèmes ?* » Il répond affirmativement mais à condition qu'elle aille faire l'amour avec lui à l'hôtel Neptune à la rue Calvaire. Il lui offre 15,000 gourdes, Nicole refuse. Il lui dit :

Alix – Je me rappelle, le jour de ton mariage, tu m'avais dit que, maintenant, c'est ta Re-création. Pourtant je constate qu'au contraire, c'est ta finition.

Nicole – J'ai perdu mon mari certes, mais ce n'est pas un échec.

Alix – Mais cette pharmacie rudimentaire que tu as n'est pas un succès non plus, qu'est-ce que tu en dis ? Hein !

Nicole – Non Monsieur le diplomate, je ne saurais affirmer une telle chose.

Alix – Alors quoi ? Dis-moi. Tu as réussi ou tu as échoué ?

Nicole – Il me manque de quoi vivre décemment, je le sais, mais je suis riche en amour.

Alix – Alors pourquoi cet amour te punit-il d'une réalité si pénible ?

Nicole – Avant de prendre congé de toi, Monsieur le minable diplomate, permets-moi de te rappeler une bonne fois pour toutes, que le succès c'est de savoir exploiter au maximum le potentiel de connaissances que DIEU nous a données, pour reprendre les mots de Robert H. Shuller. Même si, à ton avis, ma pharmacie est rudimentaire, je peux te dire que j'ai réussi car je l'ai construite grâce aux connaissances que j'ai puisées dans les livres médicaux que mon mari m'a laissés.

Elle lui dit encore :

Écoute bien, Alix ! Ajoute encore ceci à ce que je viens de te dire. N'oublie jamais que l'amour n'a pas d'autre nom, il s'appellera toujours l'amour. Lorsque, autrefois tu me disais « je t'aime beaucoup », « je t'aime pour toute la vie », j'aurais dû me méfier parce que l'amour n'a pas de nom encore moins de pseudonyme car on ne lui connaît ni père ni mère. Aimer, c'est un verbe d'action. Aimer c'est savoir et être capable de se positionner. Aimer c'est accepter de se laisser mourir un peu pour vivre avec l'être aimé. Ce que tu m'offres en échange de mon corps ne pourra jamais équivaloir à l'amour.

L'amour ne doit jamais se comparer à une quelconque réalité. Il marche certes avec une réalité, mais il ne doit jamais être accaparé ni remplacé par celle-ci. Je lutte pour qu'il reste toujours tel qu'il est dans toute sa splendeur. L'amour est ce parfum de pétale de fleur que l'on respire, ce battement de cœur qui vous coupe le souffle, cet instant que l'on veut éterniser et qui s'enfuit pourtant, cette envie de toujours plaire qui ne vous quitte jamais mais qui vous anime au contraire. Je lutte pour le préserver car, un jour ou l'autre, chaque être humain aura besoin d'une infime partie de l'amour quand il sera fatigué d'une vie monotone ou d'une dure réalité.

Mon mariage a échoué certes, mais cela ne veut pas dire que le mariage en tant qu'institution instaurée par le divin Créateur n'existe plus. D'ailleurs moi je n'ai rien perdu car j'ai réussi à mettre à profit les dons et les élans que le ciel m'a offerts. C'est toi Alix qui n'as pas réussi à atteindre les multiples dimensions d'un homme parce que tu n'as pas réussi à me rendre ma fille Mathob que ton père m'a volée.

Alix lui répond que là-bas, à Cuba, Mathob est allée à l'école alors qu'ici les siens ne connaissent pas encore les 26 lettres de l'alphabet français.

Alix lui offre alors 17 000 gourdes qu'elle refuse. Nerveuse mais calme, elle lui dit que même s'il lui donnait assez d'argent pour payer toutes les années d'étude de ses enfants en échange de son corps, elle n'en voudrait pas car son corps est le temple de DIEU et non une marchandise.

Déçu, Alix, ce « Français » égaré au sud-ouest de la ville des Cayes, est comme anéanti par la foudre, pour avoir commis l'erreur fatale de vouloir acheter le corps d'une femme originaire de la ville « Les Anglais ».

UN NOTAIRE RURAL SOUPIRE APRES LA FEMME DU DOCTEUR ET LUI FAIT LA COUR

M. Fabius Domont, membre du conseil communal de Tiburon, notaire et prêtre vaudou est l'arrière-petit-fils de feu le notaire Louis Charles Domont qui était très respecté par les habitants de toutes les villes côtières du Sud pour sa conduite irréprochable en matière de notariat. Il est décédé depuis 125 ans. Au nom de son arrière-grand-père, qui a laissé son honorable nom comme un héritage à toute la famille, M. Domont s'est fait passer pour un notaire de la ville de Tiburon bien qu'il n'ait fait aucune étude de notariat, contrairement à son arrière-grand-père qui avait lui-même étudié en France. M. Domont exerce une très grande influence sur les communautés cléricales et sur les officiers d'état civil des villes de Chardonnières, de Port-à-Piment, des Coteaux et des Irois. Ainsi se procure-t-il aisément de faux actes de mariage et de vrais actes de divorce.

Homme innovateur, très élégant il partage toutefois avec la majorité des hommes des villes côtières du Sud, le même problème dentaire. Ils pensent tous que c'est la consommation de l'eau de source qui est la cause de leur malheur. La situation prend une proportion si alarmante que les responsables locaux font appel aux autorités sanitaires de la capitale afin de trouver une solution à ce problème. Il arrive que même des garçons âgés de 12 ans commencent à se faire extraire des dents. D'après une étude statistique effectuée par des professeurs de la faculté de médecine et de pharmacie de la république, sur chaque 1000 garçons âgés de 18 à 30 ans, le taux d'extraction est de 50,2 %. Ceux qui sont âgés de 31 à 60 ans ont un taux d'extraction de 70,5 % et enfin, à ceux âgés de plus de 61 ans, il ne reste plus de dents. Après les examens effectués au laboratoire, les professeurs ont découvert que les dents de ces deux catégories, bien qu'elles paraissent fermes, ont l'intérieur creux. Ils ont conclu que c'est parce que tous les enfants mâles des riverains, particulièrement ceux qui s'occupent de l'élevage des troupeaux de bovins et de caprins ont l'habitude de consommer du lait de ses animaux sans se le faire bouillir. Ils croyaient mordicus que la consommation du lait cru augmenterait leur virilité et la maintiendrait jusqu'à l'âge de quatre-vingt-dix ans. Les professeurs et chercheurs locaux sollicitent l'aide des autorités sanitaires de Cuba pour qu'elles viennent faire aussi une étude de ce cas afin de comparer les résultats et voir comment elles peuvent aider à éradiquer ce fléau de cette ville. Les autorités cubaines acceptent mais ne fixent pas de date pour le démarrage des travaux.

Un jour, M. Domont va en ville pour se faire extraire une dent par les professeurs et médecins cubains venus, pour quinze jours, afin d'étudier les causes qui font que la plupart des hommes des villes côtières du Sud ont leurs dents non cariées d'une couleur jaune foncé tandis qu'ils en souffrent terriblement. Odin, sachant que Fabius descend en ville, lui donne cette fois-ci 600 gourdes à remettre à Nicole ainsi que des provisions alimentaires.

Après avoir extrait la dent, il demande à Nicole de l'héberger pour deux jours à cause d'une prétendue hémorragie. Il l'implore d'agréer sa demande prétextant qu'il n'a personne d'autre en ville qui puisse le faire. Douée de jugement, la femme du docteur refuse parce que, selon les principes moraux qui régissent l'union conjugale, elle n'a pas le droit de loger un autre homme sous le toit de son mari et, pire, sans son approbation. Elle lui propose de le loger dans la maison de son grand frère Charles. Il accepte de mauvais gré. Il y passe huit jours au lieu de deux. Durant le jour, il va chez Nicole pour lui parler ; mais au lieu de lui parler d'abord, il lui offre un terrain pour la construction d'un centre de santé.

Est-ce le hasard ou, du moins, est-ce que le docteur lui aurait parlé d'un centre de santé qu'il voulait bâtir pour Nicole ? Mais ce qui est sûr c'est que l'offre de Fabius Domont est exactement ce dont elle a besoin pour commencer à matérialiser son rêve de transformer la dure réalité scolaire de ses enfants en une source de possibilité.

Le lendemain, il retourne voir Nicole et en guise de bonjour il lui dit :

Fabius - Je vous aime avec passion Madame. Je sais que vous êtes la femme du médecin mais, je ne peux m'empêcher de vous dire combien je vous aime passionnément.

Nicole - Vivez votre passion avec lucidité Monsieur, offrez-la à quelqu'un d'autre qui en a plus besoin que moi. Sans la passion, Monsieur Domont, je sais que vous serez une personne calculatrice et peureuse, vous serez une personne qui aura la peau ridée, même en pleine jeunesse. Je vous comprends mais, offrez-la à quelqu'un d'autre s'il vous plaît. Votre passion est ce souffle vif et violent qui vous bascule de Tiburon jusqu'à mes pieds. Cette passion que vous me confessez est l'emballement de votre cœur et de votre corps qui vous tourmente, qui vous bouscule, qui, peut-être, vous fera rouler par terre pour me prouver que vous m'aimez vraiment. Mais c'est une passion animale que je détecte en vous via ce terrain que vous m'offrez pour construire le centre de santé communautaire dans le but de dévorer ma chair. Offrez votre passion à quelqu'un d'autre, j'en ai déjà une qui est plus noble, celle de l'éducation de mes enfants.

Fabius – Je suis fou de vous, Madame.

Nicole. – Je comprends très bien votre folie qui vous fait parler comme un perroquet, Monsieur Domont, je vous pardonne car il est difficile d'être lucide quand la passion vous emporte. Je comprends enfin qu'elle vous a aveuglé et qu'elle vous a rempli la tête de fausses vérités. Cependant, celle que j'aimerais que vous ayez, c'est la passion de vivre en bon père de famille et non celle de simplement exister.

Je comprends toutefois qu'il soit normal que vous ayez une passion sentimentale pour moi car je suis femme et moi aussi j'ai envie de faire l'amour, mais je sais que je dois me réserver. Pour votre bien, j'aimerais que votre passion soit profonde, qu'elle prenne sa source du plus profond de votre être pour vous permettre de vivre vraiment comme un homme. Car, je vous l'assure, ce sera à cet instant précis que vous renoncerez à exister comme un corps masculin pour devenir un homme vrai inspiré par un grand but. Je veux dire un homme qui est rempli de curiosité pour percer les mystères, un homme qui a beaucoup de rêves et d'élans pour lequel les vingt-quatre heures d'un jour paraissent insuffisantes.

Fabius – Mais, Madame, je peux vous être utile à quelque chose d'autre ! Je suis prêtre, Madame.

Nicole – Vous êtes prêtre de quelle confession religieuse ?

Fabius – Euh... vaudou, Madame ! ...

Nicole – Selon Monsieur Pierre Larousse, la religion est l'ensemble des croyances et des dogmes qui définissent les rapports de l'homme avec le sacré. En ce qui a trait aux dogmes, on peut le dire mais, à mon avis, Monsieur Domont, le vaudou n'est pas une religion car elle n'a aucun rapport avec le sacré. Le sacré, c'est Dieu.

Nicole – N'avez-vous pas quelque chose d'autre à m'offrir ? N'avez-vous pas un autre projet ?

Fabius – Oh ! Oui… Madame, j'ai un projet. Laissez- moi vous l'expliquer.

Les notables de Tiburon, d'un commun accord avec ceux de Port-à-Piment, de Chardonnières, des Irois, des Côteaux et de Roche-à-Bateau, viennent de faire part aux autorités de « Les Anglais » d'un projet d'organiser un carnaval qui sera le tout premier du genre en Haïti. Nous l'appellerons : Carnaval Populaire Vaudou Haïtien. Nous venons, mes collègues et moi, d'en discuter avec les autorités de votre ville qui ont partagé notre avis avec joie.

Nous sommes maintenant en train de recruter des Reines pour monter sur les chars allégoriques.

J'y pensais hier soir. Vous êtes, à mon avis, la Reine des reines qu'il me faut pour le char principal. Je veux dire celui qui représentera la confédération de toutes les villes côtières du Sud et qui sera suivi du char de chacune d'elles.

Le char de Tiburon sera monté par la reine Brigitte, celui des Chardonnières par l'épouse d'Ogou Ferraille. Celui de Port-à-Piment, par la fille aînée de papa Legba, celui des Irois par la grande sœur de Dantor. Tandis que celui de votre ville sera monté par la femme de Lenglensou et celui des Côteaux, par la fille cadette de Baron Samedi. Nous ne savons pas encore pour Roche-à-Bateau car, à minuit, une réunion se tiendra dans la localité appelée Tableau-Diable pour élire une reine. Nous vous offrons, comme je viens de vous le dire, la royauté du char de la confédération.

A bien vous expliquer, il y aura aussi de nombreux groupes musicaux. Le groupe musical Dambala jouera de la musique pétro et le groupe Djumbala jouera sur le rythme nago. Le groupe Iguita exécutera le rythme Ibo et le groupe Salmanaza le rythme congo. Le groupe Tampeta jouera le rythme rada et le groupe Tripota le rythme ayibobo.

En plus de cela, deux orchestres invités feront le déplacement de Port-au-Prince pour participer au défilé avec nous. Ils joueront eux-mêmes du compas. Ah Madame, ce sera une grande fête ! Ils termineront la soirée par un bal populaire en mémoire de nos ancêtres qui étaient au Bois-Caïman. Enfin ! Madame, votre présence nous honorera si vous acceptez notre invitation. En plus, vous ne serez pas déçue de cet honneur que vous nous aurez fait car, je vous l'assure, il vous comblera en retour de multiples bienfaits pour vous personnellement et pour votre famille toute entière.

Nicole – Moi aussi j'ai un orchestre, et c'est seulement à son rythme que je danse tous les jours. Il s'appelle Christ-est-là. Le mien joue un rythme différent que les vôtres. Si vous voulez je peux l'inviter à votre défilé ?

Laissez-moi vous dire, Monsieur Domont, que, nous, femmes d'Haïti, femmes d'Afrique et femmes du monde, ce que nous cherchons d'abord chez les hommes, ce sont des valeurs qui ne s'épuiseront point durant la vie et qui existeront même après la mort. Je veux dire, le respect pour la femme, la loyauté envers eux-mêmes envers la famille et envers l'humanité, enfin, la position bien définie par rapport au CREATEUR. Si vous étiez venu vers moi avec ce que vous êtes réellement et non avec ce que vous êtes devenu, je vous comprendrais, mais dommage vous avez mal commencé.

Moi, fille de Juda, je n'ai rien à voir avec les reines et les filles de roi dont vous me parlez. Je suis descendante de Marthe, de Lazarre et de Marie-Madeleine de Magdala. Je ne peux pas vendre mon corps pour un terrain afin de satisfaire les caprices de votre passion. Encore moins je ne peux pas déplaire à mon DIEU pour vous plaire de la façon dont vous le réclamez. Quand j'étais cuisinière au presbytère j'avais préféré vivre pauvre parmi les pauvres au lieu de manger de la nourriture des sœurs sans pouvoir la partager avec eux. Aujourd'hui, je préfère mille et une fois mourir pauvre que de déplaire à mon Adonaï.

Fabius – Je sais que vous avez beaucoup de problèmes pour envoyer vos enfants à l'école cette année. Dites-moi, comment ferez-vous pour continuer à payer leurs études ?

Nicole – Comment je vais faire pour payer leurs études ? Ce n'est pas mon souci. Soyez-en rassuré, Dieu sait déjà qu'ils les achèveront.

Nicole – N'est-ce pas pour un problème dentaire que vous étiez venu… ? Au revoir Monsieur Domont.

Il est bruit que la sœur supérieure qui l'avait révoquée et humiliée est relevée de son poste. Alors Nicole décide de se rendre au bureau de la nouvelle sœur supérieure de l'école afin de solliciter la possibilité d'inscrire Shekinah à crédit et de payer l'écolage en dix versements de 225 gourdes. Elle est contente de constater que l'actuelle sœur supérieure n'est pas celle qui l'avait humiliée. C'est Vanessa Léger, cette novice aux beaux yeux bleus qui s'était dépouillée de tout ce qu'elle était humainement devenue pour épouser ses propres valeurs, qui ce jour-là avait pris sa défense. Sœur Vanessa, émue par sa loyauté et sa dignité féminine, est enchantée de la revoir. Elle accepte sa demande avec joie. En plus, elle lui accorde une demi-bourse pour Marie Jérusalem. Elle la presse en outre d'accepter le poste de cuisinière qu'elle lui offre avec un salaire mensuel de 50 gourdes et la possibilité d'apporter chez elle de l'huile et du blé. La nouvelle sœur supéricure la félicite parce qu'elle est une femme qui a beaucoup de dignité.

Ainsi, Nicole met ses filles chez les sœurs de l'Immaculé Conception et les garçons à l'école nationale des arts et métiers Toussaint-Louverture.

UN HOMME QUI VA MOURIR SE MARIE SUR SON LIT D'HOPITAL

En parlant de femme de grande dignité, je me rappelle l'histoire de monsieur Pharaon Jean-Baptiste, ce grand spéculateur, producteur de café et de tabac qui habite au numéro 20 de la rue Sainte-Anne.

Pharaon, dans son jeune âge, était un joueur de football à l'allure élégante. Milieu de terrain offensif, c'est un dribbleur impénitent, grand chasseur de buts quand il est dans les seize mètres du camp adverse. Il se lève chaque jour à l'aube pour faire son jogging. C'était un jeune bien musclé, qui aimait pratiquer la course. Il était adulé par les amants du football et était très attiré par les jeunes filles de son époque. Toutefois, ne sachant pas qu'il devait prendre le temps d'établir la différence entre la raison et la passion et de faire un choix entre les deux, Pharaon a noué une liaison amoureuse avec cinq jolies demoiselles : l'expert-comptable Sophonie Baron, le notaire Mirline Louis Sorel, l'ingénieur de système Schnayda Charles, l'Agronome Schania Bazile et l'évangéliste Marguerite Henry. De ces cinq reines qui règnent sur le cœur de Pharaon, Marguerite Henry est celle qui a eu le temps de règne le plus court. Il la détrôna seulement après trois mois, du fait qu'elle n'ait pas voulu partager son lit hors des liens du mariage.

Atteint de filariose, monsieur Jean-Baptiste avait le pied gauche enflé et puant. Refusant de croire que c'était une maladie qui nécessitait des soins médicaux, il pensait que c'était dû à un maléfice du père d'une jeune fille vierge qu'il avait déflorée sans son assentiment. A son avis celle-ci aurait porté plainte à son père qui s'était fait justice pour la virginité perdue de sa fille. Il consulta tous les sorciers réputés de la ville et ceux des autres communes sans trouver de solution à son problème. On l'informa que les sorciers du Nord sont plus doués que ceux du Sud, on le convainquit que s'il y allait, il serait guéri.

Cependant, en 1945, il n'y avait pas de vol commercial assurant le trafic aérien de la zone Sud à la zone Ouest et de la zone Ouest à la zone Nord. Pour y aller il fallait à tout prix voyager en camion ou en voiture. Le problème est que s'asseoir dans la jeep du maire de la ville, qui est disposé à lui rendre ce service, est pour lui un calvaire car la grosseur son pied gauche grossit de plus en plus. Il ne peut plus se mouvoir. Dans cette République Insolite d'Haïti, la plus insolite de toutes les autres insolites républiques des Antilles, il y avait seulement trois ambulances qui appartenaient au secteur privé. L'hôpital général de la capitale n'avait pas d'ambulance, voire les hôpitaux des villes de province.

Pour s'offrir les services d'une ambulance privée, il aurait fallu vendre deux bœufs et un hectare de terre arable mais, dénicher un acheteur dans la ville c'était comme vouloir découvrir de l'or dans une mine argentifère.

Tout en resserrant ses liens avec ses amis proches qui sont venus le voir régulièrement chez lui, il crée également de nouveaux liens amicaux avec d'autres personnages qui les accompagnent. La plupart des amis intimes et des personnages avec qui il vient de tisser de nouveaux liens amicaux sont des gens honnêtes durant le jour mais très inconnus pendant la nuit. Un jour, l'un d'entre eux, un personnage froid et mystérieux qui connaît son désir d'aller dans le Nord, lui suggère de se rendre sur la place du marché dix minutes avant minuit ce vendredi 6 janvier 1945, jour de la fête des Rois. Il lui conseille d'être ponctuel, car il y a un vol qui l'attend pour l'emmener directement dans le Nord. Il doit s'habiller en tenue de ville mais, toutefois, rester pieds nus parce qu'on lui a accordé la permission de ne pas porter des chaussures. Cependant, il ne doit surtout pas chercher à croiser le regard de l'aviateur. Si par malheur son regard croise le sien il doit feindre de ne pas le reconnaître.

Seul chez lui, il repense à ce mystérieux personnage. Il sait très bien qu'il n'y a pas d'avion faisant ce trajet. Il n'ignore pas qu'il n'y pas d'aéroport dans la ville alors qu'il lui parle de vol. Mais puisqu'il veut à tout prix être guéri, il accepte de faire le voyage. Le vendredi 6 janvier 1945, à 11 heures 50 du soir, il s'amène. Arrivé sur la place du marché une voix lui demande le nom de son fils aîné et la raison de son voyage, en lieu et place d'une carte d'embarquement. Il dicte à la voix sans visage le nom de son fils et la raison de son déplacement. Ce timbre de voix, qui lui paraît familier, suscite en lui le désir aigu de voir la personne qui l'incarne mais, il se retient en se rappelant les instructions formelles qu'il avait reçues. La voix lui dit que le silence est de rigueur dans cet aéroport, et aussi durant tout le voyage. Avec une sorte d'aiguille on le pique à l'index de sa main droite. Avec l'index qui lui sert de stylo et son sang pour encre, on le fait signer sur une feuille de papier ordinaire qui pourtant est une feuille d'amandier. Alors qu'un vent léger souffle, il voit, suspendu à un mètre du sol, un tapis rectangulaire. La voix lui dit : « *Bienvenue à bord du vol numéro 666 de Invisible World Airline* ». Bien que sceptique, il s'y installe. Dans un vent bruyant, il s'envole pour le Nord, mais au lieu d'atterrir au Cap-Haïtien, il se retrouve directement chez M. Nabab qui est le secrétaire très particulier de Son Excellence Monsieur Satan le diable.

Le lendemain matin sa famille le cherche partout, on ne le trouve nulle part. Les gens de la ville pensent qu'il s'est suicidé tellement la maladie rongeait ses nerfs. Certains pensent qu'il serait devenu fou, qu'il se serait jeté dans un fossé ou hors de la ville, dans la mer très bleue des Antilles. Les recherches se sont révélées vaines.

Enfin, après dix jours d'absence, à midi tapant, il rentre chez lui au grand étonnement de tous. Les voisins et les curieux s'amènent. Les gamins se rassemblent. Les gens ne lui posent pas de questions, ils sont contents de le voir complètement guéri. Son pied est redevenu normal. Toutefois, les habitants de la ville lui expriment leur contentement sans un sourire aux lèvres car ils ne voient pas comment lui annoncer que son fils aîné est mort et enterré depuis huit jours. M. Jean-Baptiste pensait qu'il avait passé seulement un jour à l'hôpital mais il ne se rendait pas compte qu'il était dans le monde des esprits invisibles pour qui les jours ne se comptent pas comme les nôtres car nous n'avons pas le même fuseau horaire. Lorsque finalement on lui fait comprendre qu'il a passé dix jours en dehors de son foyer, et qu'on lui annonce du même coup la mort de son fils aîné, il maudit le mystérieux personnage qui lui avait conseillé d'aller voir les sorciers du Nord. Il passe une semaine à pleurer comme une madeleine la mort de son fils. Après deux semaines, il finit par se consoler. Trois mois plus tard, monsieur Pharaon Jean-Baptiste se rend à l'évidence qu'il avait pris une mauvaise décision. Son pied gauche redevient de plus en plus gros et puant. Pour comble de malheur, son pied droit commence aussi à s'infecter. L'odeur est si forte que ses enfants, ses neveux et ses nièces laissent la maison et l'abandonnent à son sort. Un jour, Marguerite Henry est passée le voir. Émue de compassion en le voyant couché seul dans sa chambre et dans un état vraiment déplorable, elle fait fabriquer une litière. Elle le fait coucher à l'intérieur, place la litière et le malade dans un camion loué avec son argent personnel qui le conduit à l'hôpital général de la ville des Cayes.

Comme par hasard, l'administration de l'hôpital lui octroie la chambre numéro 18, celle que Nicole avait occupée cette nuit tragique du 10 mars 1957 quand elle accouchait de son enfant et que plusieurs sociétés de sorciers en voulaient à sa vie et à celle de Shekinah.

En allant à l'hôpital, DIEU seul sait s'il en aura besoin pour son traitement, Pharaon emporte avec lui les titres de propriété de tous ses biens meubles et immeubles de crainte que d'autres personnes ne les falsifient ou ne se les approprient. Car dans cette petite république insolite tout est possible. Tout est tellement possible dans cette république, une personne peut aisément faire falsifier son acte de naissance. Du reste elle peut même se procurer son acte de décès alors qu'elle est encore loin de mourir.

De la chambre 18 où il est gardé, l'odeur infecte de ses pieds pollue l'air des deux autres chambres de l'hôpital qui sont contiguës à la sienne. Personne ne peut supporter cette odeur nauséabonde. Les familles et visiteurs des malades des chambres 17 et 19 s'en plaignent. Ils menacent de porter plainte au ministère de la Santé publique. Cependant, bien que les difficultés augmentent de jour en jour, Marguerite Henry et les infirmières continuent à prendre soin de lui comme s'il était leur propre frère. Ses enfants, ses neveux et nièces ne sont jamais venus le voir.

Sur l'insistance d'une des infirmières qui connaît très bien les membres de la famille de Pharaon Jean-Baptiste, pour avoir été la camarade de classe de sa sœur aînée qui vit actuellement à New York, ils passent tous le visiter le lendemain. Mais, au lieu de lui apporter des fleurs pour égayer sa journée, et lui faire comprendre qu'il a encore de l'importance pour eux, ils profèrent des injures à Marguerite afin de l'obliger à laisser l'hôpital prétextant que c'est elle qui est en train de tuer leur père, leur frère ou leur oncle parce qu'il ne s'était pas marié avec elle.

Confuse et honteuse, elle s'apprête à laisser la chambre, Pharaon la retient et la console. Après leur départ, il lui dit qu'il comprend bien leur jeu. Qu'il va faire venir un avocat, un prêtre, un officier d'état civil, un notaire et un juge de paix. Elle ne peut pas croire que ce soit lui, le malade, qui lui parle. Elle n'en croit pas ses oreilles. Après les insistances de Pharaon, Marguerite a finalement accepté de l'épouser. Quand ils arrivent, le prêtre et l'officier d'état civil célèbrent leur mariage dans la chambre de l'hôpital qui avait été préparée pour la circonstance. Ensuite, en présence du notaire, du juge de paix et de l'avocat, il rédige son testament et passe tous ses biens au nom de son épouse Marguerite Henry Jean-Baptiste.

Il fait chercher le directeur de la Banque de Crédit Agricole où il a un compte de $1,263,219.35$ gourdes et lui demande d'apporter avec lui ce qu'il faut pour fermer un compte et en ouvrir un autre. Le directeur se présente avec son officier car il pense que monsieur Jean-Baptiste a résolu d'ouvrir un compte de dépôt à terme comme il le lui a toujours conseillé en lui promettant un taux d'intérêt raisonnable. Pourtant, il demande au directeur de fermer son compte et d'ouvrir un autre au nom de sa femme Marguerite Henry Jean-Baptiste. Afin d'éviter à sa femme, après sa mort, toutes éventuelles disputes avec des ayants droits et les éternelles formalités légales de succession. Le directeur lui déconseille d'agir de la sorte et l'exhorte à laisser une partie de ses biens pour sa famille. Il accepte le conseil du directeur de ne pas fermer son compte. Toutefois il ouvre un nouveau compte au nom de sa femme et le crédite de 1 263 000 gourdes. Il laisse seulement deux cent dix-neuf gourdes et trente-cinq centimes sur le sien.

Lorsque l'avocat, le notaire, le directeur de la banque et le juge de paix lui demandent pourquoi il a laissé seulement ce reliquat pour ses tiers enfin rien pour sa famille, il leur fait cette confession :

« Messieurs,

Marguerite est la seule personne qui soit restée avec moi depuis le jour où je suis ici. Cette femme est toute ma famille. Les autres, ceux que vous appelez ma famille ne sont jamais venus me voir.

Aujourd'hui dans ces derniers moments de ma vie sur terre, je trouve en elle tout ce qu'il me manquait pour mourir avec joie.

A travers elle, je comprends ce que je n'avais pas eu le privilège de percevoir quand j'étais jeune, femme signifie : Joie pour vivre et Force pour mourir avec joie.

Tout ce que je viens de lui donner en votre présence, Messieurs, honorables notaire, directeur de banque et magistrat, ne représente rien par rapport à cette estime de moi-même qu'elle m'a donnée durant ma maladie.

Tout cela ne représente absolument rien, je vous le dis, parce qu'elle me fait sentir que j'ai encore droit à la vie.
Dans mes souffrances et mes insomnies, elle me donne la conviction que je suis encore vivant en tant qu'être humain bien que je sois déjà mort.

Comme vous pouvez le constatez, mes yeux ne sont pas encore fermés mais je suis sûr que je vais mourir, plus tard à l'angélus, demain ou après-demain mais, messieurs je vous en prie, croyez-moi, même dans ma déchéance elle m'a appris à sourire à la vie. »

En regardant Marguerite, des larmes coulent de ses yeux. Des ruisseaux de larmes de regret de ne l'avoir pas comprise quand elle l'avait aimé serpentent sur ses joues. Des sueurs froides perlent son front et son corps commence à devenir froid. De sa voix rauque presque inaudible, il dit : *« Je t'aime, Marguerite »* Puis Pharaon rend son dernier soupir, les yeux encore baignés de larmes.

Marguerite a fait chanter de superbes funérailles pour son mari défunt. Pour honorer sa mémoire à travers le temps et les âges, elle fait ériger sur sa tombe une pierre en marbre bleu sur laquelle vous pouvez lire :

Ci-gît mon époux, Pharaon Jean-Baptiste.

Il n'a pas eu le temps de vivre pour me connaître...

Ni le temps de me connaître pour pouvoir vivre...

Moi, je le reconnaîtrai durant tout le reste de ma vie.

L'inscription sur cette pierre tombale, qu'elle a rédigée en l'honneur de son mari lui a valu la respect de tous les citoyens pour son courage et sa loyauté. Marguerite vit actuellement aux Anglais jusqu'à ce jour, jouissant d'une grande popularité.

UN MEDECIN VETERINAIRE DEVENU MAIRE DE LA VILLE

En parlant de popularité, le docteur Odin Joly n'est pas plus populaire que son collègue. L'agronome vétérinaire est tellement populaire qu'il est élu maire de la ville. Il est ovationné par tous les habitants des villes côtières du Sud. Ambitieux, il est atteint par le virus de la politique. Il estime être déjà le nouveau président de la république pour les cinq prochaines années. A son avis, nul ne peut stopper sa marche vers la magistrature suprême de l'Etat. Si autrefois il attirait les filles par son caractère jovial, maintenant il juge que ce n'est pas nécessaire de faire leur conquête.

L'épouse de son directeur administratif, Agathe, est une belle femme qui possède tout ce qu'elle désire. Son mari est toujours là pour elle dans les bons comme moments difficiles. Il était en accord avec sa femme sur tous les points sauf un seul. Comme Hérodiade, la femme du Roi Hérode, Agathe aime beaucoup les livres, elle oriente ses lectures vers la Bible, la science et l'histoire. Elle formait ses pensées comme celles de Nicole, Sophonie, Abigaël et Alexandra. Agathe évolue dans l'immatériel, elle sait que tout ce qui est concret sur la terre existait déjà dans l'infini. Elle est parfaitement convaincue que, par une prière efficace, elle peut avoir absolument tout par le nom de JESUS qui la sanctifie. Par contre, son mari lui, Donald Polynice, évolue dans le monde matériel, c'est-à-dire dans la dimension physique de tout ce que ses yeux peuvent voir.

De simple chef de section communale qu'il était autrefois, il est devenu directeur administratif de la mairie de la ville et se prend pour l'un des petits dieux du département du Sud. Au lieu de se positionner par rapport à l'immortalité comme sa femme, il adhère à d'autres sectes et refuse catégoriquement qu'on lui parle de JESUS le Christ.

Le maire, dans le but d'isoler le directeur administratif pour pouvoir faire la cour à Agathe, décide de l'envoyer en mission avec un topographe pour une durée de quinze jours dans les villes côtières pour faire un relevé cadastral des propriétés sur lesquelles il y a des travaux de construction en cours. Le lendemain de son départ, il appelle sa femme et lui dit de venir réclamer le salaire de son mari en son bureau car il est en instance de départ pour Port-au-Prince. Agathe lui répond que ce n'est pas nécessaire. Son mari le prendra lui-même à son retour. D'ailleurs, il lui a laissé assez d'argent pour subvenir à toutes éventualités. Comme un moulin de mais qui est en train de moudre du petit mil, il commence, comme ses prédécesseurs, à émettre des sons discordants. Il ne prend pas le temps d'épurer son verbe, il enchaîne la conversation avec Agathe.

Le maire – Toi, Agathe, aussi belle qu'un ange des cieux. Ce soir, il fait très froid et ton mari n'est pas là, tu auras du mal à dormir seule. Je meurs d'envie de toucher ton corps sensuel. Je t'offre une voiture Mitsubishi pour passer une nuit, seulement une nuit avec moi.

Agathe – Votre offre est vraiment alléchante Monsieur le Maire mais, sachez bien aujourd'hui et une bonne fois pour toutes, que vous frappez à la mauvaise porte. Votre insolence va à l'encontre de la fidélité et de la loyauté que je dois à mon mari. Vous dépassez les limites du respect que vous me devez et enfin vous êtes en train de saper mon intégrité aux yeux de DIEU. Sachez bien, Monsieur le Maire, que ces valeurs que ADONAI a mises chez toutes les femmes Haïtiennes, vous ne pouvez pas les sous-estimer car elles sont opposées à votre minable offre. Vous êtes riche c'est vrai, mais, n'imaginez pas que votre richesse vous donne la liberté de courtiser une femme. Sans les bonnes manières, la richesse ne vous donne aucune autorité. C'est une erreur de croire, Monsieur le Maire, que votre richesse vous permet d'être davantage que ce que vous êtes. Elle ne peut pas vous permettre de posséder l'amour d'une femme. Toutefois, vous pouvez en acheter l'apparence ; mais n'oubliez pas, la solitude vous appauvrira. Nous, femmes d'Haïti, ne sommes pas des marchandises. Avec tout le respect que je vous dois, Monsieur le Maire, aller vous faire voir.

Le maire –Tu oses me parler ainsi, à moi Maire de la ville ? Ne sais-tu pas tout ce que je peux faire ?

Agathe – Si le Maire de la ville n'était pas un moins que rien, il ne parlerait pas ainsi à une femme dont le nom signifie Finesse, Exclusivité, Magie, Mystère, Energie.

Le Maire – Je me fous des ridicules significations de ton nom. Quand tu n'auras plus ton mari, quand tu auras faim jusqu'au point de mourir d'inanition, tu viendras vers moi pour te secourir. Alors je n'aurai plus besoin de toi.

Agathe – J'aime votre menace, Monsieur le Maire. Pauvre diable, vous êtes minable. Même quand je mourrais de faim comme vous le dites, DIEU ne me laisserait pas venir frapper à votre porte car nous femmes d'Haïti, femmes de l'Afrique, nous sommes directement connectées avec l'Absolu qui nous assure les quatre dynamiques de survie.

Le Maire – Pourquoi tu dis pauvre diable ?

Agathe – J'ai pleuré parce je n'avais pas de chaussures jusqu'au moment où j'ai vu un homme qui n'a pas de pied. J'ai pleuré aussi parce je ne pouvais pas parler jusqu'à cet instant précis où je vois un homme aphone qui ne sait pas que la forme d'un corps féminin ne signifie pas sexualité et qui ne sait pas non plus établir la différence entre sexualité et sexe.

Vexé de cet affront, et du fait qu'Agathe ait remis ses pendules à l'heure, il est comme un train déraillé. Il décide d'appauvrir la femme du directeur Donald Polynice, dans un premier temps, afin de se l'approprier et de se venger de l'offense qui lui est faite dans un second temps. Il consulte son beau-père qui est président d'une des sociétés de vampires les plus féroces du département et lui explique que son directeur administratif veut prendre sa place et en veut à sa vie. Mécontent que ce méchant directeur en veuille à la vie de son gendre, il lui donne un petit flacon contenant une poudre magique et un autre rempli d'un liquide inconnu. Il lui demande de semer une partie de la poudre sous le bureau du directeur afin qu'elle s'attache à ses chaussures et l'autre partie sur sa chaise. De l'autre flacon, il lui recommande de verser la moitié du liquide sur les pédales de la voiture de M. Polynice et l'autre moitié sur le siège du chauffeur.

Lundi huit heures du matin, le directeur se rend comme d'habitude au bureau pour présenter son rapport au maire. Celui-ci le reçoit chaleureusement et lui demande de lui prêter sa voiture prétextant que la sienne ne peut pas démarrer, le temps qu'il aille acheter une batterie. Il a le temps de faire tout ce que son beau-père lui avait dit et remet la clé au directeur en le remerciant gentiment. Il lui demande de le remplacer à son poste pendant un mois car il doit se rendre à Miami. Trop content d'être le maire pro-tempore de la ville, M. Polynice lui assure que tout sera fait à sa convenance.

Ce même lundi, à 11 heures 30 du matin, le directeur reçoit un appel téléphonique l'informant que sa mère est gravement malade et qu'il doit rentrer à Port-au-Prince. Il appelle immédiatement le maire, qui était en instance de départ, pour l'informer de son urgence et le prie de bien vouloir reporter son voyage. Après avoir annoncé la nouvelle à sa femme, il s'étonne que cette nouvelle la laisse indifférente. Il lui dit : « *Agathe ! C'est ma mère qui va mourir* », Elle lui répond : « *Non ! C'est faux. C'est ton petit frère qui aurait appelé si c'était vrai.* » « *Mais c'était la voix de mon petit frère* ». « Mes intuitions féminines me disent que tout cela est faux, si c'était ton petit frère il t'aurait appelé par ton pseudonyme comme d'habitude, Dodo. Pendant que je te parle, j'entends les chants d'une messe de funérailles, mais ce ne sont pas les funérailles d'une femme. Je t'en prie chéri n'y va pas ! J'entends des pleurs », lui dit elle. « Si tu veux quand même y aller attends au moins demain. » Donald était sur le point d'y renoncer mais soudain il reçoit un appel de sa maîtresse qu'il n'avait pas revue depuis un mois, l'informant qu'elle allait pendre l'autobus pour rentrer à Port-au-Prince afin de rejoindre ses parents. Cet appel de sa maîtresse aiguise tellement son désir que, sans même prendre congé de sa femme et de ses deux filles, il démarre dans sa jeep en direction de Port-au-Prince.

Trente minutes après, en descendant le morne des Orangers après la ville de Cavaillon, par le rétroviseur intérieur, il voit une grosse couleuvre sur le siège arrière, il perd le contrôle de sa jeep s'écrase contre un arbre sur le côté droit de la route. Un ami, qui allait également vers l'ouest le même jour dans un minibus, reconnaît le véhicule mais il n'a pas vu de corps. Pour s'assurer que c'est effectivement Donald qui conduisait il appelle sa mère pour lui demander s'il devait rentrer à la capitale. Il l'informe que sa jeep s'est écrasée dans un accident et que le chauffeur devrait être mort. Accablée, la mère de Dodo aurait préféré que ce soit une erreur. Elle appelle sa belle-fille pour lui demander si son mari devait rentrer à Port-au-Prince. Après qu'Agathe lui a expliqué la raison du déplacement de Dodo, elle comprend finalement qu'il s'agit bien de son fils qui est mort écrasé comme un animal. Ayant tout compris, Agathe pleure sans verser de larmes. Au fond d'elle-même il y avait de l'amertume, mais elle reste ferme. Elle appelle à la mairie pour annoncer la nouvelle, c'est la consternation dans la ville des Cayes. Le Maire est le premier à se rendre chez elle pour la réconforter et lui offrir ses condoléances.

En réponse aux mots de réconfort que le maire adresse à la jeune veuve et à ses deux filles orphelines, Agathe affiche un calme et un silence de cimetière qui en disent beaucoup plus qu'un discours.

À ces mots de réconfort, qui prennent maintenant la forme d'un discours de fausses promesses, que prononce le médecin vétérinaire, la veuve éplorée lui répond que son mari a été assassiné mais que, sans le savoir, cet assassin a commis ce crime au détriment de sa vie. Lorsque le maire lui demande de s'expliquer plus clairement, elle lui répond : « Monsieur le Maire, sachez-bien que nous autres femmes d'Haïti, nous avons des facultés intuitives que vous ne comprendrez jamais si vous persistez à rester ce que vous êtes devenu. » Le maire la prie de le contacter, en cas de besoin, à n'importe quelle heure du jour ou de la nuit.

La direction de la mairie lui a remis les prestations légales du défunt. Avec cet argent, elle laisse la ville des Cayes et retourne aux Anglais sur son habitation à Latiplin où sa belle-mère la rejoint deux mois plus tard. L'ami du défunt qui avait pris en charge le cadavre de son mari, passe de temps à autre la voir et lui offre son aide qu'elle accepte avec joie. Elle a beaucoup de difficultés à subvenir aux besoins des filles mais, elle n'a jamais pensé à appeler le Maire. Un beau jour du mois de septembre, sept mois après la disparition de son mari, elle apprend comme tout le monde la mort du Maire. Celui-ci a été retrouvé à un carrefour de la localité appelée Bois-Landri, découpé en plusieurs morceaux par trois hommes armés de piques et de machettes pour avoir violé une fillette de 13 ans.

TATIANA ET SOPHONIE, LA FEMME ET LA SŒUR DU PRESIDENT

Son Excellence François Nicolas Claude 1er est le président de la République Insolite d'Haïti. Par reconnaissance pour l'hospitalité de ce peuple lors de l'extermination des Juifs par le roi du Nord, un pays du Sud de l'Orient octroie souvent à cette république insolite de merveilleux dons en argent et en nourriture dans le but de soulager la misère du peuple l'aidant ainsi à se mettre au même niveau que les autres pays occidentaux. En 1965, il lui a été octroyé un don de 53, 914, 110.00 dollars américains pour des travaux d'infrastructure routier et la construction d'un aéroport, ces travaux n'ont jamais été finalisés tandis que l'argent a été dépensé. Monsieur Théodat Pierre Rachilde, élégant Premier ministre du gouvernement, grand orateur comme lui seul, est un homme robuste et beau ayant l'attrait d'un prince.

Grâce à son charme et à la puissance de son verbe, il est devenu la coqueluche des femmes. Lorsqu'il prononce ses fameux discours sur l'état socio-économique de la république tout le monde est suspendu à ses lèvres. Lorsqu'il intervient sur les chaînes 8 et 12 de la télévision nationale, dans le cadre de son émission à caractère éducatif « Enfants d'aujourd'hui, Adultes de demain », tous les enfants l'adorent pour son humour. Par contre, le Président de la République ne l'aime pas car il pense que sa femme est amoureuse de lui, selon son avis, sa popularité commence à chuter à cause de lui. Théodat n'a jamais eu l'intention d'avoir une liaison amoureuse avec une femme haïtienne. Sa fiancée est une Française de qui il est éperdument amoureux. Il n'a pas non plus la prétention de destituer le Président pour s'approprier sa place car il sait très bien que tout pouvoir vient de DIEU. Le Président, lui, ne voit pas les choses ainsi.

Le ministre des Finances du gouvernement, bien qu'il soit déjà marié, est l'amant de Marie Sophonie Claude, la sœur du Président, avec qui il partage tout ce qui concerne les affaires publiques et privées de Son Excellence Claude1ᵉʳ. Mère d'une fillette de 5 ans dont le père était un militaire américain mort au Vietnam, elle aime jalousement sa fille. Si une fourmi la piquait, elle n'hésiterait pas à éliminer la colonie entière de la fourmilière. Elle est prête à défier toute une armée, fut-ce-t-elle celle des Etats-Unis, pour la défendre. Sophonie n'aime pas vraiment le ministre des Finances mais elle l'accepte pour se consoler de la mort de son amant militaire.

Un soir, pendant que le ministre laissait le salon de Sophonie, un papier a glissé de son porte-documents et est tombé sur le sol. Il ne s'en rendit pas compte. Sophonie le ramassa, l'entête du papier mentionnait « Turkey Government Bank ». Voyant que c'était un papier important, elle le mit dans un de ses tiroirs afin de le rendre le lendemain matin, mais cela ne lui est pas revenu à l'esprit.

De nouveau candidat aux prochaines élections présidentielles, François Nicolas Claude 1ᵉʳ décide d'éliminer son premier ministre qui lui parait être un potentiel candidat à la présidence et qui pourrait entraver sa route. Il fait part de son idée à la première dame de la république madame Tatiana Gilbert Claude 1ᵉʳ originaire des Anglais, qui le réprimande pour avoir nourri cette idée insensée.

Elle lui dit qu'il n'est pas maître de la vie, qu'il n'a pas le droit de détruire celle de quelqu'un, au contraire son devoir est de la protéger. Claude 1er la gifle pour avoir osé lui rappeler ses devoirs moraux. Tatiana, au lieu de pleurer, a le courage de lui rappeler encore une fois que c'est Dieu qui est le seul maître de la vie, c'est à LUI seul que revient le droit de la reprendre. Claude 1er rétorque : « Je suis le Président, je fais ce que je veux. »

Se moquant de sa carapace de chef de l'Etat, Tatiana lui répond :

« Théodat est un homme de forte moralité, il est intègre, il n'a jamais détourné les fonds de l'Etat.

Est-ce parce qu'il ne veut pas créditer tes comptes en Turquie que tu en veux à sa vie ?

Est-ce parce que tu vois que toutes les femmes sont suspendues à ses lèvres qu'il est pour toi un cafard à écraser ? »

Le président la gifle une seconde fois. Il commence à parler comme un enfant immature, en lui disant :

« Alors ! Toi aussi tu l'aimes ?

Est-ce pour cette raison que, depuis deux semaines, tu refuses de te coucher dans mon lit ? »

« Non, tu te trompes, lui répond la première dame, je ne l'aime pas, j'ai déjà donné mon cœur à quelqu'un qui n'est autre que toi. Je sais cultiver l'amour pour le mari que le CREATEUR m'a donné. Mais, laisse-moi te dire en passant, ce trou là que tu es en train de creuser pour Théodat, si tu ne te repositionnes pas tout de suite par rapport au Maître de la vie, ce sera toi qui y tomberas et un passant t'ensevelira.

Je suis chair comme toi certes, je ne suis pas divine mais, mon âme voit la bonté de Théodat et la beauté de ses gestes à travers la fenêtre de mes yeux. »

Les paroles de Tatiana Gilbert Claude 1er n'ont aucun effet sur son ambitieux mari. Il rentre dans son bureau pour poursuivre une conversation en tête-à-tête avec son ministre des Finances. Toujours dans le but d'éliminer le Premier ministre, le Président convoque une dizaine de parlementaires et leur demande de trouver une raison afin d'interpeller le Premier ministre pour l'accuser détournement de fonds. Ainsi reviennent-ils avec le dossier des 53, 914, 110.00 dollars américains que la commission finance de la chambres des députés ne pouvait pas retracer et que le ministre des Finances ne pouvait pas justifier.

Le 8 juin 1966, le Premier ministre reçoit un mandat de comparution du tribunal de la section Sud de la capitale. Victime d'une parodie de justice rendue par des juges mafieux à la solde du président, le beau et très élégant premier ministre est condamné à mort pour la satisfaction pleine et entière du Président qui suit le jugement en direct à la télévision. A la huitaine, soit le dimanche 15 juin, à 10h du matin il sera exécuté.

Le samedi 14 juin, à 11h du soir, la première Dame ne peut pas dormir. Elle prie Jésus, le Seigneur des seigneurs, de venir en aide au condamné. A cette même heure, Sophonie de son côté, est en profond sommeil. Soudain, elle fait un rêve qui la tourmente. Elle voit une armée très menaçante qui est venue lui dire d'aller dévoiler la vérité aux juges mafieux sinon elle mourra ainsi que sa mère. Elle se réveille perplexe, elle s'interroge. Après avoir prié, elle s'est rendormie. A trois heures du matin, elle fait encore un autre rêve. Dans celui-là, elle voit une autre armée beaucoup plus forte et menaçante que la première qui lui dit : « *Si vous ne leur imposez pas la vérité telle qu'elle est, votre mère, vous et votre fille, vous mourez toutes les trois.* »

Brusquement elle se réveille. Elle se pose mille et une questions, la tête en feu, des larmes chaudes dans ses yeux. A cette heure elle n'a personne à qui parler, personne à qui faire une confidence dans l'espoir de trouver un brin de réponse. Les yeux hagards, le visage en défait, elle regarde sa fillette endormie, allongée sur son lit placé près de la coiffeuse où elle avait mis le papier qu'elle devait, depuis belle lurette, remettre à son amant, le ministre. Dans un tiroir semi-ouvert, que la fillette n'avait pas bien fermé, elle remarque le papier. Elle le prend. En le lisant elle voit que c'est un relevé bancaire de la Turkey Government Bank sur lequel figure un montant correspondant aux 53, 914, 110.00 dollars américains pour lesquels le Premier Ministre est faussement accusé de détournement tandis que le nom du titulaire est celui de son frère.

Depuis son réveil, le sommeil fuit loin de Sophonie. Elle ne peut pas contacter son frère pour lui demander de revenir sur sa décision car il est en voyage. Il sera de retour peu avant l'exécution. La première Dame n'est pas joignable non plus. Après avoir tant insisté pour que son mari revienne sur sa décision, elle se consacre entièrement à la prière en faveur du malheureux. Elle a essayé mille et une fois de venir au secours de Théodat, c'était peine perdue, son mari est « têtu comme le soleil » pour reprendre les mots de Yole Dérose dans son fameux *Haïti terre de feu*. Ne voulant pas s'associer à ce crime odieux, elle décline l'invitation d'assister à l'injuste exécution. Elle regagne sa maison familiale à Vérone, une section communale de la ville afin de pouvoir mieux se recentrer.

9h55 minutes le peloton d'exécution est sur place. On attend l'arrivée du Président avant d'amener le condamné. La moitié de la population urbaine est là, maintenue à distance par l'armée. 9h58 minutes, le Président s'amène. On avance avec le condamné. On l'attache. Méchanceté, regret, résignation, colère, on ne sait plus ce que traduit l'expression du visage des militaires. Tout le monde est triste. Le vent ne souffle pas. Les feuilles des arbres se figent, on dirait qu'elles sont également tristes. Quand le peloton d'exécution s'apprête à faire feu, Sophonie et sa fille, venues de nulle part, s'interposent entre les bourreaux et Théodat. Elle crie d'une voie forte :

« Non ! Ce Monsieur est innocent. Vous allez devoir me tuer moi d'abord et aussi ma fille que voici, s'il doit mourir aujourd'hui. Les cinquante-trois millions de dollars pour lesquels vous allez injustement le massacrer ont été déposés sur le compte de mon frère en Turquie par le ministre des Finances lors de son dernier voyage en Asie mineure. Messieurs les juges, Monsieur le Commissaire du Gouvernement, peuple vaillant de la République, fils et filles de nos ancêtres, les coupables sont bel et bien mon frère et le ministre des Finances. Voici le relevé de compte qui le prouve ».

Soudain la colère du peuple s'enflamme. Les honnêtes militaires fils du peuple, épris de justice et de vérité, qui se sentent tout à coup interpellés par l'héroïsme d'une mère et de sa fille, retournent leurs armes contre les soldats du peloton d'exécution et les criblent de balles. Ils détachent le Premier ministre et le remettent à Sophonie qui le conduit chez elle. Le peuple arrache le Président et le ministre des Finances des mains de leurs acolytes, la foule, cramoisie de colère les a lapidés. Ils ont été ensuite décapités et laissés leurs cadavres sur la chaussée jusqu'à ce que deux drogués viennent les ensevelir à huit heures du soir de crainte que les chiens de la ville ne s'en régalent.

LA MALADIE ET LA MORT DU DOCTEUR ODIN

Eté 1972, après quinze ans de mariage, le médecin généraliste ne se sent pas trop bien. Il réfléchit sur son état de santé qui se détériore. Il repense à la mort tragique de son compagnon agronome vétérinaire. Il pense à son jour de mariage avec Nicole qui, jusqu'à ses derniers moments, lui est restée fidèle. Il se dit : « Le printemps est passé, l'été est parti, maintenant voici je suis arrivé à l'hiver de ma vie, je n'ai pas chanté la chanson que je devais chanter. J'ai perdu mon temps à accorder et à désaccorder ma guitare.

Il demande pardon à Nicole pour n'avoir pas respecté les principes qui régissent l'amour. Il se plaint de se voir devenir vieux. Des larmes coulent sur ses joues amaigries. Son corps est devenu squelettique, ses dents s'effritent. Comme ce fils de paysan qui, dans une complainte, reproche à sa mère de ne pas l'avoir mis à l'école, il entame une dernière et difficile conversation avec la Judéenne comme pour le lui reprocher.

Odin - Médecin, je pensais que j'étais quelque chose de plus que toi, aujourd'hui je réalise que je n'étais absolument rien. Pourquoi ne m'avais-tu pas mis à la porte ? Peut-être aurais-je remarqué que j'étais sur une mauvaise voie ?

Nicole - Même si je t'avais foutu à la porte, je n'aurais pu t'extirper de mon cœur. Odin ! Pour t'extirper de mon cœur, il faudrait que je le brise. Toutefois je devais le sauvegarder pour assurer l'avenir de nos enfants. Lorsque l'amour et les principes entrent en conflit, c'est la pire des souffrances, et j'étais certaine que tu me verrais exactement de la façon dont tu aurais dû me voir.

À ces mots, Odin pleure toutes les larmes de son corps.

C'est pour la dernière fois qu'il entend la voix douce et paisible de Nicole. Affaibli par la vieillesse, il passe deux jours dans le coma. A 4 heures 30 du matin ce samedi 17 juin 1972, le docteur, âgé de 72 ans et demi, meurt complètement défiguré. Il laisse Nicole avec cinq enfants. Shekinah est âgée de 14 ans et la dernière, Marie Jérusalem, de 8 ans.

LES FUNERAILLES DU DOCTEUR ET L'HISTOIRE DES 19 VEUVES

Les funérailles du docteur son chantées dans la même Eglise où son mariage a été célébré le samedi 2 juin 1957. Ce samedi-là, la mariée était de blanc vêtu mais ne portait pas le voile. Aujourd'hui elle est de noir vêtu, arbore un chapeau noir et une voilette. Elle est assise à la première rangée tout près du cercueil de son défunt mari. À l'église, quelque chose attire l'attention. Nicole n'est pas la seule à être vêtue de noir et arborant chapeau noir et voilette. Elle n'est pas la seule à occuper une des places de la première rangée tout près du cercueil. Il y a encore plusieurs autres femmes auxquelles les amis et collègues du défunt viennent présenter leurs condoléances pour la mort de leur époux. Hormis Nicole, elles sont au nombre de 19 femmes qui pleurent le départ du docteur. Dans leurs cris de désespoir, elles demandent à DIEU comment elles vont faire pour continuer à vivre et s'occuper des enfants. Ce qui étonne Nicole, en plus de ses cinq enfants, il y en a beaucoup d'autres qui pleurent aussi la mort de leur père. *(N.B. Bernadette n'est pas fille du défunt. Son père est le prêtre Bernard Ledoux)*

Le prêtre qui officie est le même qui avait célébré son mariage. Il s'appelle père Giovanni Dos Santos. Dans son homélie, il fait l'éloge du défunt pour son travail d'éradication du pian ainsi que pour les programmes de prévention et l'éradication des épidémies. Toutefois, avec le caractère qu'on lui connaît le prêtre ne s'embarrasse pas de mots inutiles pour dire à l'assistance que, malgré les bienfaits du défunt en faveur de la population quand il était vivant, il doute fort qu'il ait bien travaillé pour son éternité bienheureuse car il a tellement d'enfants illégitimes. À ces mots du prêtre, l'enceinte de l'Eglise est devenu un tribunal et la cérémonie funèbre s'est transformée en une séance d'accusation où les 19 veuves se disputent leur légitimité. Le prêtre Giovanni, qui ne mâche jamais ses mots, enchaîne et dit :

« De vous toutes veuves éplorées, il y a qu'une seule que je connais. C'est Nicole, parce que c'est moi qui avais célébré son mariage ici même en cette église. Sans doute, le défunt vous avait dit qu'il était divorcé d'avec Nicole. Mais, quel acte de mariage avait-il présenté à l'officier d'état civil pour le divorce ? Nicole avait fait la copie de l'acte et j'ai gardé moi-même l'original dans mon casier à l'archevêché de la ville des Cayes. Donc, logiquement le défunt n'a jamais pu divorcer. Insensé est cet officier d'état civil qui n'avait pas vu que le premier acte de mariage, qui était entre ses mains pour rédiger le premier divorce du docteur défunt, était une copie et non l'original ! Homme faible d'esprit, cet officier est dupe et a effectué ces faux mariages et ces vrais divorces. »

Le prête enchaîne :

Toutefois, vous les dix-neuf fausses veuves, si Dieu dans sa miséricorde vous a déjà pardonnées, qui suis-je, moi, son simple serviteur pour vous condamner ? Ce n'est pas de votre faute mesdames, c'est celle d'un homme qui vous a trompées. C'est la faute de ce notable trompeur qui s'est transformé en un serpent rusé et qui vous a fait croire que vous étiez vraiment veuves et pourtant c'est faux. C'est la faute de ce serpent du nom de Domont Fabius qui s'est transformé en tout ce qu'il voulait être pour marier et divorcer qui il veut en fournissant de faux actes de mariage et de vrais actes de divorce ».

La cérémonie s'est transformée en une manifestation. Les 19 fausses veuves, maintenant moins tristes et plus en colère, viennent présenter leurs excuses à Nicole pour avoir, sans le savoir, « volé » son mari. Les autres soixante enfants viennent saluer les quatre enfants légitimes de Nicole et leur expriment leur honte d'être considérés comme des bâtards. Ceux de Nicole, pour qui ce vocable n'existe pas, les consolent et leur disent qu'ils sont tous frères et sœurs d'un même père qui s'appelle DIEU. Les dix-neuf fausses veuves, émues par la compassion de Nicole vis à vis d'elles et par la sagesse de ses enfants, se laissent emportées par un besoin de vengeance. Elles se retournent contre Fabius, elles l'accusent de faussaire, menacent de le lapider pour abus de pouvoir et vol de confiance. Excitées, elles le poussent dans la rue de l'Immaculée-Conception pour le déchirer. Elles le rossent. Un homme qui passait leur dit : *« Tuez-le, il m'a volé un terrain ! »* Soudain comme si un esprit leur avait parlé, elles se ressaisissent : *« Nous sommes femmes ! Nous connaissons l'importance d'une vie parce que c'est nous qui la donnons aux hommes, nous n'enlevons pas la vie. »* Après lui avoir infligé une bonne raclée, elles le remettent aux policiers du commissariat pour qu'il réponde de ses actes.

A 6 heures du soir, le prêtre Giovanni donne l'absolution au défunt et on le met en terre une heure après. Le lendemain des funérailles du docteur, les trois célèbres veuves se réunissent avec les principaux notables de la ville et créent la FASEVA (Fondation d'Aide Sociale et Economique aux Veuves des Anglais).

Veuve, Nicole avoue qu'elle a envie parfois de faire l'amour mais, à cause de l'âge de ses enfants, elle ne peut pas se permettre une telle satisfaction. Elle me dit qu'elle veut ressembler à la veuve de Sarepta afin que rien ne lui manque pour la nourriture et l'éducation de ses enfants. Elle avoue qu'Odin, qui vient d'être mis en terre, était déjà mort pour elle depuis 1968, un dimanche soir où son mari l'avait pénétrée pour la dernière fois. Depuis ce jour-là, elle n'a plus connu la douceur magique du sexe.

En 1972, Shekinah est en classe de 4e secondaire, Marie Jérusalem en classe élémentaire. Cette dernière a des difficultés d'apprentissage, mais elle est dotée d'un sens aigu pour l'art et le mannequinât. Nicole est complètement ruinée. Malgré la demi-bourse de Shekinah et la facilité de paiement que lui accorde sœur Vanessa Léger, elle ne peut pas continuer à payer l'écolage des enfants. Elle se fait inscrire à l'organisation FASEVA et la directrice la reçoit courtoisement sur la recommandation spéciale du père Giovanni Dos Santos. Après avoir analysé sa situation, la fondation a pris en charge l'éducation de ses enfants jusqu'à la classe de 4e secondaire. Entre-temps, Bernadette, qui venait à peine de trouver un emploi dans une maison de matériaux de construction à Port-au-Prince, a trouvé un emploi aussi pour Gilbert et lui confie la responsabilité de continuer à nourrir la famille. Elle part pour les USA où elle se marie avec un Américain d'origine Arabe Mr Mustapha Juda Ben Ür.

Le mari de Bernadette fait émigrer toute la famille de sa femme aux Etats-Unis. Gilbert est devenu médecin gynécologue. Dominique, capitaine dans l'armée américaine, est aussi un excellent ingénieur aéronautique.

Sa première fille légitime, Shekinah, dont le nom signifie « Présence glorieuse de Dieu », est une chanteuse évangélique de renommée mondiale, Egyptologue, musicienne et professeur de piano. Elle évolue comme pianiste dans le célèbre orchestre Yanni.

Marie Jérusalem, dont le nom signifie «Maison de paix » en langue hébraïque, a maintenant un master en mannequinât. Elle et ses deux enfants Fabien Joly Swart et Jonathan Joly Swart sont mannequins pour des couturiers futuristes de très grande renommée, Carvin Klein et Armani.

Aujourd'hui, Nicole est âgée de 84 ans. Ses cheveux sont blancs comme de la laine. Elle vit à Queens avec sa dernière fille Marie Jérusalem et ses petits-enfants dans une villa avec lac, deux piscines, l'une à l'intérieur et l'autre à l'extérieur.

Elle est encore jeune, avec des yeux toujours vifs qui confirment que la jeunesse n'est pas seulement mesurée par l'âge mais c'est aussi un état d'esprit. Elle est, depuis deux ans, la présidente de sa propre organisation : OPEOP (Organisation pour la Protection des Enfants des Orphelins de Père).

Aujourd'hui, amis lecteurs, pendant que vous êtes en train de lire ce livre, j'ai parlé au téléphone avec tante Cole pour m'informer de ses nouvelles. Sa voix est toujours gaie. Je lui ai

demandé si elle a pas peur de mourir ? Elle m'a répondu : « *Tu sais,*
Pierrot, ceux qui se disent maîtres de la vie par autorité acquise, par
décision de justice ou par héritage, ceux qui se disent maîtres de leur
existence grâce au pouvoir fantôme de la richesse, ceux qui
prétendent être les seigneurs du temps en refusant de se positionner
par rapport à la vérité, par soif ardente de gloire ou de puissance,
tous ceux-là ont peur de mourir. Moi, durant toute ma vie, je suis
toujours restée moi-même. J'avais combattu le bon combat dans ma
'jeunesse physique' et je continue à le faire dans ma 'jeune vieillesse'.
Je suis fière d'être restée celle qu'aujourd'hui je suis. Je n'ai pas peur
de la mort, car la mort est pour moi une seconde naissance dans le
nom de Jésus le Sauveur qui me sanctifie et qui me donnera aussi la
couronne réservée aux élus. »

***

Après avoir écouté ces paroles empreintes de sagesse,
après avoir entendu ces paroles de vie et d'espérance qu'a
prononcées Nicole, je ne peux m'empêcher de m'interroger. Me
suis-je bien positionné par rapport à nos valeurs féminines
haïtiennes ? Tout à coup, ces réflexions sur ce que j'appelle
faiblesses masculines me viennent à l'esprit.

Faiblesses masculines

Souvent, nous prétendons que la femme incarne tout ce que
nous pouvons imaginer de mauvais. Nous les soupçonnons toujours

d'adultère sans nous rappeler une seule fois que nous autres, nous leur sommes infidèles. Nous pensons qu'elles peuvent commettre les plus vilaines bêtises sans nous rappeler qu'elles sont nos mères, nos sœurs, nos épouses et nos filles à qui nous nous remettons entièrement quand nous traversons un moment difficile et quand nous vivons nos derniers moments.

Inspiré par cette pensée de Goethe que j'ai lue dans le livre *S'aimer soi-même* de Robert H. Schuller, je la retranscris ici in extenso : « Traitez les gens comme s'ils étaient ce qu'ils devraient être, vous les aiderez à devenir ce qu'ils peuvent être ». Je veux ajouter que si nous traitions les femmes comme si elles étaient déjà ce que nous voudrions qu'elles soient, elles finiraient, bien sûr, par être comme nous les voulons. En écrivant cela, je sens que sensiblement je me rapproche de cette pensée de Goethe et j'ai envie de dire que, si elles ne sont pas ce que nous voulons qu'elles soient c'est parce que nous-mêmes nous ne sommes pas ce que nous devrions être.

Dans mes réflexions, je réalise que la majorité des fautes dont nous les accusons, découle de nos propres faiblesses masculines. Parfois, nous les traitons de menteuses sans vouloir admettre qu'à force de mentir, nous autres, nous finissons par ne plus croire en elles, conformément à ce verset biblique qui dit : « La punition que Dieu donne aux menteurs c'est de ne croire jamais en personne. » Nous disons qu'elles sont d'une autre race et qu'elles sont incompréhensibles, alors que nous refusons de nous interroger sur notre intelligence.

Puisque c'est nous qui sommes responsables de la famille, nous pensons que nos décisions sont les plus sages, tandis que nous passons parfois très loin de ce qui le serait si on prenait en compte l'avis de l'autre avant de prononcer un verdict. Face à ce complément de l'œuvre parfaite dont nous ne cessons de nous vanter, nous devenons souvent de véritables insensés sans nous en rendre compte. Pire, faute de bon sens nous perdons parfois notre femme et nous perdons notre vie.

En parlant de bon sens, de perte de sa femme et de perte de sa vie, je me rappelle l'histoire d'Abigaëlle, belle femme exemplaire et très sensée, native de Karmel, localité située dans le royaume de Juda. Femme pleine de sagesse, en écoutant la réponse insensée de son mari aux serviteurs de David qui étaient en fuite devant Saul, Xe siècle avant Jésus-Christ, elle s'empressa de faire charger deux ânes de provisions de toutes sortes et alla au refuge du fugitif. Sur son chemin elle rencontra David qui ressassait le dessein d'exterminer Nabal le mari d'Abigaëlle et de détruire tout ce qui lui appartenait. Abigaëlle se mit à genoux devant lui. Elle prononça des mots doux et sages. Quand elle se leva, David constata que ses yeux lançaient des éclairs qui étaient comme les écluses des cieux et sa voix était comme les murmures d'une source d'eau. Peu de temps après, Nabal mourut et Abigaëlle devient la femme de David.

****

Je me rappelle les fameuses équations de Bernoulli dans lesquelles il revenait aux étudiants de chercher le deuxième terme, quand j'étais à la faculté des sciences appliquées. Cela me fait soudain penser qu'heureusement pour nous, l'amour n'est pas une de ses fameuses équations à plusieurs variables dont il faut déterminer la valeur réelle. Mais, il n'en n'est pas moins une, dont le second membre est à déterminer. Si pour vous l'amour est une équation, je pense que celle-ci est réversible parce que le second membre est votre femme dont le théorème pour la résoudre est le respect et la communication suivant ses normes et son art.

Souvent nous nous transformons en dieu des relations internationales et dieu des forces armées parce que nous sommes Président. Nous refusons d'écouter notre femme sans nous rendre compte que c'est une forme de suicide que nous avons conçue sans le savoir et que nous mourrons sans que personne nous pleure.

Maîtres de toutes les sciences, dieux de toutes les théories du monde, nous avons fait des études de gestion et d'économie, nous gérons de grandes entreprises, nous sommes ministre de l'Economie et des Finances, pourtant nous ne savons pas faire la gestion de l'amour afin de pouvoir économiser un peu de bonheur. Au lieu de chercher à gérer l'amour pour qu'il ne se dissipe pas comme de la fumée, nous créons des disputes pour de banales causes.

À mon avis, la gestion de l'amour qu'il vienne de naître ou qu'il soit né hier n'est qu'un ensemble de choix :
Choix de garder notre calme quand l'attitude de notre femme ou de notre petite amie nous est incompréhensible.

Choix de s'asseoir ensemble et de discuter des alternatives. En prenant la raison comme repère, choix d'écouter l'avis de nos femmes et de leur donner le temps de s'exprimer librement.

Choix de reconnaître qu'elles sont aussi des êtres humains et non pas nos possessions. Qu'elles sont aussi faites d'émotions et de désirs.

Choix de se rappeler que pour réussir une vie conjugale, l'erreur étant humaine, il faut se dépasser pour pardonner, car le pardon restera toujours divin.

Par contre, si vous voulez faire les choix qui sont opposés aux vertus, vous pouvez décider de douter d'elles, allant de l'inquiétude jusqu'à la suspicion pour une simple erreur commise, sans vouloir vous rappeler que l'erreur est en vous-même.

Choix de vous mettre en colère au lieu de lui demander pardon alors que c'est vous qui avez tort.

Choix de la traiter d'infidèle parce qu'un collègue l'appelle sur son portable à huit heures du soir pour lui dire de capter la Radio des Îles sur 99.5 FM pour suivre l'émission du Chief Economic Officer de Haïti Islamic Bank Group.

Choix de chercher ou de vous créer un palliatif pour fuir vos responsabilités au lieu de les affronter.

Choix de ne pas vouloir relever les défis de la vie sans vous soucier qu'un jour ils pourraient vous intimider eux-mêmes.

Choix de ne pas continuer à lui faire la cour comme autrefois parce que maintenant elle est votre femme, selon vous, votre possession.

Choix de penser qu'elle vous dit des mensonges alors que vous, vous dites la vérité quand vous le voulez ou quand vous oubliez de mentir.

Parfois, au lieu de chercher la meilleure façon de créer par la communication une ambiance vivable dans la maison, vous préférez provoquer une tempête dans un verre d'eau pour un simple appel que votre femme reçoit sur son portable d'un locuteur qui s'était vraiment trompé de numéro.

Moi, je connais des personnes qui se réalisent dans l'amour, qui le considèrent comme une rivière ou comme un fleuve et qui le mettent à leur actif avant de mourir. Je connais aussi beaucoup d'autres qui choisissent de passer le reste de leur vie sur le rivage de ce fleuve au lieu d'y plonger pour découvrir dans l'eau les trésors qui attendent ceux qui ont le courage d'y plonger pour les ramener à la surface.

Ainsi je suis presque sûr que, lorsque nous aurons remarqué la plénitude de ces personnes qui se réalisent dans l'amour et qui mourront avec joie, alors nous souffrirons du regret d'une vie manquée et nous n'aurons personne pour nous donner une tasse de thé quand nous aurons tous les maux du monde à nous déplacer.

FEMME EST SYNONYME D'AFFIRMATION

Il se peut bien que nous ignorions la valeur d'un inconnu, c'est normal. Il est encore normal que nous ne connaissions pas trop bien la valeur d'un collègue ou d'un ami. Ce qui est grave c'est lorsque nous refusons de chercher à connaître la valeur d'une femme qui partage nos moments, nos jours et nos nuits et qui nous aide à nous endormir.

Certes, il faut être différent pour s'aimer, dit l'autre, ce qui entraîne le plus normalement du monde des visions et des conceptions différentes qui engendreront des disputes. Alors, pour résoudre le problème, il faut accepter de nous asseoir avec notre femme et de discuter suivant les principes de la communication afin d'arrondir les angles. Alors l'amour naîtra là où il n'existait pas encore. Il se raffermira là où il était un peu affaibli.

Valeur ! Pour nous les hommes, ce mot est parfois loin de nos sens. Nous pensons que nous avons de la valeur par le fait que nous sommes puissants dans le verbe et dans le geste. C'est ce sentiment d'orgueil qui nous tue sans que nous le sachions. Alors que la valeur, à mon avis, est l'addition des qualités des dons et des élans que possède une personne. C'est, selon Hachette, tout ce par quoi on est digne d'estime. La valeur n'est inscrit nulle part sur l'être humain encore moins sur son visage. Ces merveilleuses qualités sont détectables seulement par de franches et harmonieuses discussions dont les résultats ne devraient être qu'autre chose que l'affirmation. Nous décrétons souvent que les femmes forment une nation particulière, nous prenons toujours des décrets qui ne sont pas en leur faveur alors que nous ne sommes ni juges ni Roi. Moi, quand j'y pense, je vois que ces décrets ne sont autres que le fruit de nos craintes d'être cocu que nous dissimulons de façon très mal pour ne pas être ridiculisés.

Dans le merveilleux livre « Devenez la personne que vous rêvez d'être » de Robert H. Shuller, je retiens ces mots du docteur Giacobbe, que je retranscris pour vous in extenso : « L'homme est avant tout un être rythmique. Il rythme son cerveau selon ce qu'il entend dans son entourage sans se faire une idée une idée concrète de la réalité. »

Plus loin après une dizaine de pages du même livre, j'ai pu retenir qu'un de ses amis, également docteur en médecine, affirme sans réserve ce qu'il vient de dire en transformant la pensée de Descartes « je pense donc je suis » en « je rythme donc j'existe ».

Je remercie ces docteurs en médecine qui nous enseignent que le rythme harmonieux ou discordant de notre cerveau dépend des données que nous avions préalablement enregistrées. De ce fait, je crois que si nous pensons que les femmes ont peu de valeur et par conséquent qu'elles sont de peu d'importance, c'est parce que nous ne sommes pas assez pondérés pour mesurer leur immense valeur.

Nous pouvons créer l'amour, la confiance et la tolérance qu'on leur réclame pour notre bonheur, il suffit seulement de penser que cela est possible. Etant être rythmique, toujours selon la pensée du médecin, je suis sûr que, si comme un instrument de musique, nous accordons notre cerveau sur des notes discordantes, nous n'obtiendrons jamais une symphonie. Nos femmes haïtiennes que je respecte, que j'appelle « valeurs féminines » n'attendent que notre touche pour prendre la forme que nous voulons qu'elles prennent. Selon l'avis de Goethe, elles n'attendent que nos notes pour se transformer en toutes sortes de musiques agréables à l'oreille.

Si nous mettons de l'inquiétude dans notre cerveau, nous douterons de notre femme quand elle parle à un camarade de faculté, nous la soupçonnerons d'adultère quand l'embouteillage la contraindra à rentrer un peu plus tard que d'habitude. Alors la colère augmentera notre tension artérielle, nous voilà maintenant victimes d'un stroke, nous voilà devenus totalement et définitivement handicapés. Par contre si nous rythmons notre cerveau avec la confiance et la cordialité, avec l'admiration et la franchise, avec le respect et la gratitude, enfin, avec l'acceptation et le pardon, nous obtiendrons bien sûr cette parfaite symphonie du monde que j'appelle l'amour.

Nicole avait dit à la sœur supérieure qu'il valait mieux qu'elle vive pauvre avec ses amis pauvres que de vivre riche sans eux. Cela me rappelle immédiatement l'histoire d'une femme exemplaire, aux grandes valeurs, qui s'appelle Esther, nom qui signifie « étoile » en langue perse. Elle ne savait pas qu'il arriverait un jour où elle devrait s'affirmer comme telle. L'histoire n'a pas mentionné à quel âge elle a été orpheline de père et de mère comme l'était Nicole, qui, dans sa jeunesse, avait perdu sa mère et ignorait l'existence de son père.

Par orgueil et par manque de confiance en lui-même, Assuérus, le mari de Vashti, n'avait pas rythmé son cerveau (sa guitare) avec des notes harmonieuses, il avait enregistré des données de mauvaises qualités. Ces mauvaises données préenregistrées l'avaient poussé à parler et à agir de façon désagréable envers DIEU et allant à l'encontre de l'éthique sociale. Il demanda à sa femme, la Reine Vasthi, de se déshabiller et de se présenter en petite tenue devant l'assemblée des princes et des hauts dignitaires de son royaume afin que ceux-ci le glorifient d'avoir une femme si belle et dotée d'un si beau corps. Née avec un fort sentiment d'abnégation, elle blâma son mari pour sa légèreté et quitta le trône avec joie.

Quand j'avais lu le décret royal d'Assuérus demandant de faire venir toutes les belles jeunes filles du royaume en vue de remplacer la Reine déchue, j'avais remarqué qu'il n'avait pas spécifiquement mentionné les jeunes filles intellectuelles mais toutes les valeurs féminines. Son choix s'est finalement porté sur Esther qui possédait seulement des notions élémentaires d'astrologie que lui avait inculquées son oncle. Depuis, je me suis permis d'affirmer que ce ne sont pas seulement les connaissances académiques d'une femme qui font sa valeur.

Notre femme décline une invitation à une fête somptueuse, par respect pour nous, et nous ne le savons pas. Elle refuse un poste de directrice des relations publiques à la Haïti Islamic Bank Group parce que le gouverneur général veut qu'elle passe chez lui tous les soirs après les heures de bureau avant de rejoindre son mari et ses enfants.

Fort souvent c'est nous qui ne comprenons pas nos valeurs féminines tellement nous sommes mesquins dans nos pensées et dans nos gestes. Notre mesquinerie ne cesse de créer et de multiplier les difficultés, jusqu'à tarir notre source d'émotivité. Nous voulons que notre volonté soit faite au foyer, chez nos maîtresses et partout ailleurs. Notre mesquinerie fait agoniser notre pensée et sans nous en rendre compte, elle entraîne la mort de nos gestes, la mort de *l'exclusivité, la disparition de petits cadeaux, l'oubli de la fête de la Saint-Valentin pour leur offrir une fleur, l'oubli de la date de leur anniversaire de naissance ou de mariage.*

Il nous arrive de ne pas considérer nos femmes comme des personnes qui ont des rêves, des désirs, des peines et des besoins. Comme ce fut le cas d'Assuérus, il nous arrive aussi de ne pas vouloir nous défaire de nos statuts de Directeur d'entreprise, de Docteur en médecine, de Gouverneur général, propriétaire de navires, d'avions et de tant d'autres corollaires négatifs, pour nous joindre à nos femmes afin de pouvoir vivre heureux. Comme l'a affirmé le psychologue Martin Buber, « se rejoindre, c'est vivre ».

AFFIRMER C'EST DEMANDER

Nicole a demandé au Pouvoir Créateur tout ce qu'elle veut, avec toute sa simplicité, car l'essentiel pour elle n'est pas d'obtenir un bonheur ou une grande joie pour se vanter et s'enorgueillir, mais une toute petite joie ou un infime bonheur à la mesure de son propre désir. Elle l'obtient car elle prie toujours. En parlant de prier, une remarque que j'avais faite et que j'avais oubliée m'est soudain venue à l'esprit. Quand je suis allé à l'église Immaculée-Conception, sur chaque cent personnes qui viennent implorer DIEU, 90 sont des femmes qui demandent de réglementer leur vie, les dix autres sont des garçons qui ont également besoin de LUI dans leur vie, mais seulement comme leur conseiller.

Face à cette puissance académique d'antan que fut Assuérus, (permettez-moi d personnifier le mot puissance) celle d'Esther fut un feu de paille. Face à cette puissance académique et politique que fut le Docteur Odin celle de Nicole fut aussi un feu de paille et face à nos puissances de toutes sortes qu'aujourd'hui nous sommes, celle de notre valeur féminine est peut-être aussi un feu de paille. Mais ces femmes, comme ma merveilleuse mère Anne Varda Jean et ma charmante petite sœur Marie Vardie Dimanche, comme mon idole ma femme Duna Gaëtan Dimanche et enfin comme la vôtre amis lecteur, ignorent peut-être totalement l'abc des livres de psychologie qui traitent du pouvoir de la pensée sur le corps toutefois, vous conviendrez avec moi que cela ne les empêche nullement de vivre et d'évoluer dans la 3ᵉ dimension de l'affirmation qui est la super conscience, laquelle n'est autre que l'unité avec l'Absolu. Il se peut qu'il en soit de même pour votre sœur que vous voulez que l'on respecte, pour votre femme et aussi pour votre mère qui vend au marché pour assurer votre éducation. Il est vrai qu'elles n'ont pas appris les vertus de l'affirmation mais elles les pratiquent sans les connaître. C'est ce qui a porté Nicole, notre belle Judéenne, à s'exprimer en différentes langues étrangères, surtout dans les moments difficiles, sans qu'elle ait jamais appris aucune.

*****

A 43 ans, Alix a laissé sa poésie se prendre au piège de l'âge. Il a laissé l'âge tarir la source de sa verve de 20 ans. Les mots magiques de son vocabulaire de 1946 n'existent plus. Il a oublié la promesse de respect qu'il avait faite à Nicole il y a vingt-deux ans de cela.

Comme un moulin à canne à sucre dans lequel, par inadvertance ou par volonté, on a mis du maïs, il émet des sons discordants jusqu'à ce qu'il arrive à composer la plus vilaine des poésies que Nicole n'ait jamais entendue de toute sa vie. Souvent, comme Alix, nous commettons aussi l'erreur de croire que les femmes haïtiennes, lorsqu'elles sont en butte à un problème comme celui de Nicole, ou lorsqu'elles vivent une dure réalité, ne sont pas dignes de respect et n'ont pas besoin d'amour et de fleurs. Emportés par la passion, nous commettons parfois l'erreur de vouloir disposer de leur corps, pour les avoir aidé à résoudre un problème ou pour leur avoir offert une facilité.

Pendant que j'étais en France, un jour j'ai rencontré Alix. Je le félicitais d'avoir rendu sa famille si heureuse. Il m'a remercié gentiment mais, il m'a dit qu'il est lui-même malheureux car le regret l'a vieilli, regret de n'avoir pas eu assez d'intelligence pour reconnaître que Nicole est une femme qui a beaucoup de dignité.

Le cas de Monsieur Alix Ruben Gaétan me fait penser à beaucoup d'hommes qui n'ont pas su profiter de leur vie pour bâtir une forteresse à l'instar de Martin Gray. Nous n'avons pas de maison sur la colline avec vue sur la mer comme la sienne, nous n'avons pas, à proximité, de forêt qui risque de prendre feu, nous n'avons pas de voiture garée sur la cour. Bien que M. Gray ait eu tout ce confort, ce n'est pas cela qu'il avait appelé forteresse. La forteresse, pour lui, c'est l'amour qu'il a bâti dans sa famille, c'est le temps qu'il a pris pour aimer sa femme, le temps qu'il a pris pour chercher les valeurs qui sont cachées en elle comme des perles pour les ramener à la surface. Ainsi je réalise que fort souvent nous laissons filer le temps.

Quand il était temps de bâtir un amour vrai, nous nous approchions des femmes avec ce que nous sommes devenus mais pas avec ce que nous sommes en réalité. Par réalité, je veux dire ce qui est vrai en nous, les valeurs avec lesquelles nous sommes nés. Quand nous leur faisons la cour, nous utilisons notre moi qui reflète notre personnalité alors que nous leur demandons leurs valeurs intérieures.

Notre moi ! Je veux dire notre personnalité, pour relayer le message de mon amie auteure Grace Gasette dans son livre Je pense donc je suis *: c'est tout ce qui compose les biens périssables, les qualificatifs temporaires qui ornent notre corps qui redeviendra inévitablement la poussière d'où il a été tiré. Lesquels sont nos multiples carreaux de terre, notre bétail, nos connaissances académiques, les postes élevés occupés dans le secteur privé ou dans le secteur public, notre influence sur les masses, nos relations nationales et internationales, nos maisons, nos camions, nos bateaux, nos avions, nos voitures, notre excellent pouvoir d'achat. C'est avec ces choses-là, additionnées de notre orgueil, que nous nous approchons de nos femmes, sans nous rappeler une seule fois qu'avec notre corps, toutes ces choses mourront un jour et que l'oubli les enterrera. Qui se souviendra de nous parce que nous étions un excellent directeur, après notre mort ? Nous utilisons notre moi pour les exploiter, nous profitons de leur faiblesse financière, de leur solitude, de leur manque d'affection pour* *nous introduire en elle et leur laisser un nombre incalculable de fils et de filles comme charge pour le pays.*

Par contre, par sagesse, nous devrions nous dépouiller de notre mortalité pour mettre en évidence les valeurs avec lesquelles nous sommes nés. Je voudrais citer les vertus qui sont opposées à nos qualificatifs temporaires telles que la sincérité, la générosité, le pardon, la clémence, la tolérance, l'abnégation, la compréhension, l'amour, l'amitié, la fidélité dans l'attitude et dans le geste, l'amitié dans l'amour, l'amabilité, l'Intégrité, la confiance en soi et dans l'autre, le respect mutuel, être enclin à l'écoute et par-dessus tout la crainte de Adonaï. Ces valeurs qui constituent notre individualité ne mourront jamais et si nous les leur offrons, je crois que nous finirons par les respecter. L'équation sera alors balancée, nous les comprendrons mieux. Nous aurons vraiment un foyer vivable, une communication cohérente sans avoir à prononcer de longs discours, nous leur donnerons leur juste place en nous-mêmes et dans la société comme indiqués dans l'avant-propos. Si nous réformons notre personnalité moribonde en l'affirmant par les vertus que je viens d'énumérer, je crois fermement que nous cesserons d'imposer à nos femmes notre façon de voir, notre doctrine ou ce que nous croyons détenir comme vérité.

Ainsi, elles feront notre éloge de quelque côté qu'elles se trouvent, je veux dire en camionnette, en taxi, au marché en fer, au travail, au palais national ou en Ecosse précisément au château de Balmoral de la Reine Elizabeth II. Nous resterons toujours dans leur mémoire après notre vie sur terre car, ces valeurs se perpétueront à travers le temps, même après que nous aurons disparus.

Quand nous soupirons après une fille, nous sommes disciples de Jean-Jacques Rousseau qui eut à dire que l'homme est composé de force et de faiblesse. Mais dans les liens du mariage, nous oublions sa doctrine, nous disons toutes sortes de paroles insensées à notre femme surtout quand nous connaissons les faibles revenus de sa famille, ses lacunes du point de vue intellectuel, nous lui rappelons toujours la malheureuse histoire de son enfance alors que tout cela ne prévalait pas au moment du flirt, et nous lui avons juré que jamais cela ne prévaudrait.

Quand nous soupirons après elles, nous sommes assez sages pour taire nos passions animales déchaînées pour devenir sages poètes. Nous formons aisément des vers et quand elles nous demandent si nos vers sont des quatrains ou des alexandrins nous ne savons quoi leur répondre, car nous ignorons ce que signifient ces vocables. Ainsi, nous nous contentions de leur faire avaler nos mensonges polis en leur disant que nous sommes disciples de Victor Hugo, de Nietzche ou les arrière-petits-fils d'Etzer Vilaire, d'Oswald Durand et de Massillon Coicou.

Mais quand la grossesse se mêle de la partie, quand elles commencent à ne plus supporter nos enfantillages et nos irresponsabilités, quand nos femmes cessent d'être nos points de mire ou quand elles ne sont même pas dans notre ligne de mire pour les beaux yeux d'une ING. Yvrose Jolicoeur Fortin, pour le beau corps de ma nièce Betty Bienaimable et pour l'humour et le calme d'une

Coleen Edwidge Cantave et qu'elles osent nous rappeler les souvenirs d'autrefois afin de nous détourner de notre mauvaise voie, nous nous mettons en colère et nous pérorons au lieu de parler.

Lorsque nous prenons un petit verre d'alcool de trop, notre langue se délie, nous égrenons des bêtises au lieu de discuter, nous poussons des cris aigus de colère. Comme une guitare mal accordée, nous émettons de mauvais décibels comparables à des ondes vectoriels. Le fait que ce soit nous qui tenions les cordons de la bourse, grâce à nos salaires, nos honoraires, nos émoluments ou nos pourboires, nous nous prenons pour les Rois du pétrole de l'Arabie saoudite. Nous nous croyons être copropriétaires de gisements pétrolifères, nous nous prenons pour les propriétaires des mines d'or du Pérou. Nos décisions sont irrévocables, tandis que, devant leurs valeurs, nous ne sommes même pas un artisan.

Nos valeurs féminines (nos femmes) ont leur libre arbitre, elles ont leur propre jugement et leur propre façon de voir, comme nous avons également les nôtres et je pense que nous n'avons aucun droit de toucher aux leurs. Je pense que, si nous croyons détenir l'amour, il serait préférable de le vivre et de le répandre sans jamais leur imposer une façon d'aimer, je veux dire, sans jamais leur imposer notre façon *d'aimer.*

Si nous cherchons à reconnaître leurs individualités, c'est-à-dire les valeurs avec lesquelles elles sont nées, je suis certain que nous serons heureux de constater que nous avons également les mêmes. Alors le respect mutuel naîtra, et nous serons plutôt enclins à les écouter au lieu de les brutaliser. La quiétude s'établira en nous. Le doute disparaîtra, et nous leur inspirerons totalement confiance. Nous ne penserons plus qu'elles nous trompent avec un camarade de faculté, avec un directeur ou avec le Maire de la ville alors que vraiment c'est un embouteillage qui les empêche de rentrer au foyer comme à l'ordinaire. Alors :

> *Si nous cherchons à être en **sécurité** avec elles **aujourd'hui***
> *Nous n'aurons **rien à leur reprocher** pour **hier***
> *Et nous aurons **tout à leur pardonner** pour **demain***

En faisant l'addition des trois vocables ci-dessus

Sécurité + Rien à leur reprocher + Tout à leur pardonner

*Nous serons heureux de d'admettre que la somme n'a qu'un seul et unique nom : **l'amour**.*

***

On aurait pu présumer que Nicole allait fléchir et accepter les offres de Monsieur Domont, pour assurer l'éducation de ses enfants. Surtout lorsqu'elle déclara qu'elle aussi était faite de chair et de sang, et qu'elle avait parfois envi de faire l'amour. Nicole est-elle née extraordinaire ? L'est-elle devenue ?

M'inspirant de l'ouvrage de Martin Gray, « Le nouveau livre », j'ai conclu que je ne peux pas répondre par l'affirmation et autant par la négation à ces deux questions que je me suis moi-même posées. Toutefois je me permets d'affirmer qu'elle a cultivé les germes de la magnanimité que l'Eternel avait semés en elle.

Lors de ses études de catéchisme à l'église paroissiale, les prêtres lui avaient enseigné qu'il y a des moments dans la vie où il

130

faut savoir renoncer à posséder le monde et accepter d'être seulement ce que l'autre peut être. Le miraculé père Jordan surtout, celui qu'elle avait traité de sa mystérieuse maladie, lui avait appris qu'elle a droit à une seule vie sur la terre. Il lui disait toujours qu'elle peut exister même après sa mort à travers les autres, si elle l'explore bien. Car c'est une folie de rêver à la vie d'autrui.

J'ai envie de dire qu'elle est une femme qui vit dans l'immatériel car sa magnanimité est presque palpable. Lorsqu'on lui demande pourquoi elle a renoncé à toutes ces offres de richesse que Fabius lui a faites, elle dit, avec tout son calme, « Il y a des renoncements qui s'imposent, qui ne sont pas un reniement de soi mais au contraire une exaltation de sa propre personne vers les sommets élevés de la dignité.

Nicole veut rester ce qu'elle a toujours été depuis sa naissance, elle ne veut pas renoncer à son désir d'être toujours vraie. Elle rejette tout ce qui pourrait lui faire abandonner sa personnalité pour des imitations. Elle rejette tout ce qui peut la faire plier aux diverses façons d'être des autres pour une gloire humaine éphémère comme celle que Fabius lui a offerte. Elle refuse de rejeter ses pensées personnelles pour celles d'autrui. Elle a toujours considéré ses rêves comme des pierres précieuses, et a toujours dit que chaque femme est une pierre précieuse, qu'elle doit considérer ses valeurs comme une émeraude qu'il faut prendre le temps de polir jusqu'à obtenir sa couleur bleu-vert.

Bien qu'elle ait dit à Fabius qu'elle aussi avait envie de faire l'amour, elle n'a pas cédé à la tentation du reniement d'elle-même car elle sait que si elle abandonne sa nature unique pour être semblable aux autres filles que M. Domont a déjà inscrites dans sa liste de souvenirs afin de se les remémorer quand il sera vieux, ce serait une concession d'une partie de tout ce qu'elle est, qu'elle le laisserait emporter à Tiburon.

***

Quand Pharaon était jeune il ne s'imaginait pas sa vieillesse et maintenant qu'il est vieux il veut connaître la jeunesse. Il ne savait pas, ou du moins, il ne voulait pas prendre une pause pour savoir que, lui Pharaon Jean-Baptiste, n'est qu'un corps et que rien ne peut empêcher le temps qui passe d'y tracer sa route. Il ne savait pas qu'un jour il s'alourdirait, qu'il ne pourrait plus courir sur un terrain de foot comme il le faisait autrefois. Aujourd'hui il est triste à cause de ses pieds qui sont devenus plus lourds que son corps. Lui qui avait autrefois une peau fine, il est malheureux de voir que la couleur s'altère. Quand il était jeune il n'avait pas appris à se tenir en équilibre dans une société déjà déséquilibrée, il se laissait emporter par sa jeunesse pour se faire une réputation de don Juan. Il n'avait pas appris à marcher suivant les principes moraux qui régissent l'humanité. Maintenant, couché sur son lit d'hôpital, sa jeunesse qu'il avait mal gérée le met en accusation. Il ne savait pas qu'il devait ménager son corps qui est la demeure de son esprit. Bien que tout le monde lui en ait parlé, il se plaisait à faire de son corps l'esclave de ses folies. S'il avait fait de son corps un allié égal à son esprit et non un instrument, aujourd'hui l'âge ne serait pour lui qu'un simple changement d'état. Accablé il aimerait jalousement la marche alors qu'autrefois en tant que sportif il préférait la course. Il privilégierait le sommeil qui est le meilleur réparateur de la force physique alors qu'autrefois il était un joggeur. Enfin il aimerait le songe, c'est-à-dire rêver des moments merveilleux qu'il avait vécus avec ses enfants et sa femme, même si autrefois il était un homme d'action, un franc dribbleur et un agile chasseur de buts dans les seize mètres du camp adverse.

FEMME EST SYNONYME DE « GENS DE BIEN »

En parlant de « gens de bien », je fais allusion à ceux qui ont un foyer, ceux qui ont une famille dont ils prennent soin et du bonheur de laquelle ils se soucient. Mais fort souvent, ces gens-là sont le contraire de ce que j'entends par gens de bien. L'attitude du docteur Odin Joly me fait penser à ces types de personnes. Son attitude vis-à-vis de sa femme me rappelle celui de cet élégant directeur des relations publiques de la compagnie nationale de communications, Martin Python.

Laissez-moi vous raconter, amis lecteurs, dans quelle circonstance j'ai rencontré ce fameux Python.

***

Quand j'ai intégré le personnel de l'institution où actuellement je travaille, mon premier poste était un travail de nuit. C'était à la tranche d'heure comprise entre 1 heure et 3 heures du matin que le chef de service avait besoin de toute notre potentialité afin de tout régulariser avant de remettre le système au département de l'informatique pour le traitement des données saisies. Cela exigeait de moi une mobilisation de toutes mes cellules nerveuses pour chasser le sommeil. Le responsable avait beaucoup de considération pour moi et pour mes trois autres collègues car à ces heures cruciales, au lieu de somnoler, nous étions beaucoup plus fermes.

Cependant, ce travail nocturne m'a ravi totalement le sommeil car, même lorsque nous terminions un peu plus tôt, c'est-à-dire vers les deux heures du matin, nous restions au bureau attendant les premières lueurs du nouveau jour avant de rentrer chez nous. Moi, je profitais de ce silence de l'aurore pour lire la Bible et écouter de la musique espagnole afin de parfaire mes facultés d'écoute. Même si mon premier poste m'a laissé des séquelles, dont jusqu'à présent je ne peux guérir, il m'a aussi laissé beaucoup de bienfaits. Il a aiguisé de plus en plus mon appétit pour la lecture. En 2002, deux ans après, j'ai appliqué pour un poste diurne et ma candidature a été retenue mais je continue à ne pas pouvoir dormir la nuit. Les fins de semaine, les amis du quartier et moi, nous fréquentions le restaurant dansant 'Esquina Latina' sur la route de frère à Pétion Ville où les gens de bien se rencontrent et se saluent fraternellement. Je pensais que chacun avait une vie, un foyer, une famille mais je m'étais trompé. Certains n'étaient pas là seulement le soir, ils y passaient leurs jours fériés et parfois des fins de semaine en compagnie de leur amante de nationalité étrangère. Je les écoutais et j'ai aussi appris d'eux. J'ai vu les emplettes qu'ils faisaient, et les grands sacrifices qu'ils consentaient, pour plaire à leurs amantes venues de la République voisine. Ils déclarent avec emphase qu'ils ont été personnellement les chercher de l'autre côté de la frontière. C'étaient des amantes spéciales de qui personne d'autre ne devait s'approcher. C'est en regard de ces tromperies que j'avais voulu donner à mon livre ce titre choquant *« Femme, tu as également le droit de tromper ton mari »*, titre que El Shaddai et son fils JESUS ont changé en « *Valeurs féminines* ».

J'ai connu donc, au Restaurant dansant 'Esquina Latina', Monsieur Python, époux d'une de mes anciennes collaboratrices de l'entreprise. Il était directeur du service des relations publiques à la compagnie nationale de télécommunications. Sa femme Alexandra était très belle. Étudiante finissante à l'Institut Nationale d'Administration de Gestion et des Hautes Etudes Internationales (INAGHEI), elle était déjà chef des services sociaux à une entreprise de fabrication de pièces électroniques et dispensait parallèlement des cours de comptabilité I et II dans une école de commerce de la capitale. Martin ne rentre jamais directement chez lui après les heures de bureau. Il musarde toujours avec son amante étrangère Maria Rosaria Gustavo qu'il a été lui-même cherché de l'autre côté de la frontière. Quelques fois, il rentre chez lui après trois jours, juste pour se changer, prétextant qu'il était en dehors de la capitale pour les affaires de la compagnie nationale de télécommunications. Il faisait de grands discours à son épouse, il lui promettait maison et voiture. En fait, il lui donne de l'argent pour un mois. Du reste, il s'en fout. Grand discoureur comme lui, il n'y en a jamais eu sur la planète terre. Le fait qu'il puisse toucher le soleil et le sentir à portée de main, lui faisait croire qu'il pouvait en prendre un morceau et le déposer aux pieds d'Alexandra qui, par naïveté, lui faisait quand même confiance.

Pour garder son look personnel et préserver son image de chef de service, Alexandra achète des vêtements à crédit tandis que son mari fait le shopping de Maria Rosaria dans les meilleurs magasins de prêt-à-porter de Pétion ville. Il achète une voiture à son amante, tandis que sa femme circule en taxi. Si elle n'avait pas d'amis pour lui donner un bain de conduite, elle serait en retard chaque jour au bureau et ne n'aurait pas connu le confort de circuler dans une voiture privée. L'affection et les signes d'attention qu'il donnait à la demoiselle me font penser à un tableau allégorique sur lequel on peut voir un mouton protégeant, sans le savoir, sa fiancée lionne qui s'est revêtue d'une peau de brebis. À la vue de tous ils étaient les plus parfaits amoureux.

Cependant, à l'insu de tous, Maria Rosaria Gustavo avait aussi un amant américain d'origine haïtienne qui vit aux USA et qui l'aimait à la folie. Un lundi du mois de décembre il est revenu et est reparti le vendredi avec sa bien-aimée pour ne plus jamais revenir. De retour ce même vendredi vers sept heures du soir, le directeur s'amène comme d'habitude chez Rosaria pour l'informer qu'il l'emmène du côté de Labadie afin de profiter d'une semaine de congé. En rentrant au salon, Martin ne la trouve pas. Elle lui a laissé une lettre l'informant de son départ pour les Etats-Unis avec son amant américain tout en le remerciant pour tous ses bienfaits. Après avoir lu la lettre, le malheureux se jette par terre et pleure comme un enfant. Il brise une bouteille de coca-cola sur sa tête. Celle-ci se brise en mille morceaux et avec un tesson, qu'il tenait fermement entre ses mains, il tente de s'égorger. On le maîtrise finalement. On l'emmène à l'hôpital de Médecins Sans Frontières, pour soigner ses blessures mais son cœur reste toujours meurtri. Depuis lors, pour noyer son chagrin, il fume de la marijuana. Parfois, il consomme de la drogue par injection. Il est devenu l'ombre de lui-même et a été révoqué de son poste. On ne l'a plus revu. Hier encore, Alexandra continuait d'espérer jusqu'à ce que le ministère de l'Intérieur notifie dans la presse que cet employé cadre de la compagnie de télécommunication était porté disparu.

Martin disait toujours qu'il voulait acheter une maison et une voiture à sa femme Alexandra. Prétextant que c'est pour s'épanouir un peu, il a fait ce choix de ne pas matérialiser ces rêves. De cette suite de choix qui régule l'amour, il en a fait un qui malheureusement est allé à l'encontre de sa vie, à l'encontre de la promesse de fidélité faite à l'église du Sacré-Cœur. Il n'avait pas choisi la vérité. Il avait oublié que les petits gestes d'exclusivité sont souvent supérieurs aux intentions les plus audacieuses que l'on peut former. Quels simples gestes de bonté, et quels autres beaux gestes Martin pouvait-il offrir à Alexandra pour égayer sa journée ? Il y en avait beaucoup, mais malheureusement il a laissé fuir le temps. Martin pensait que, pour exprimer sa flamme à son épouse, il lui fallait maison et voiture. Pourtant, Alexandra est une femme comme Nicole. Elle n'a pas besoin de tout cela pour vivre. Elle a seulement besoin d'une des multiples facettes de sagesse qui consiste à savoir ce qu'il faut dire et faire : l'habileté et la vertu de bien le faire et de bien le dire.

***

Nous sommes parfois tellement prétentieux et préoccupés de nous-mêmes que nous sommes devenus peu désireux et incapables d'écouter nos femmes. Sans même prendre une pause pour écouter Dieu ou la raison, nous agissons avec notre personne qui, à notre avis, est incapable d'erreur. Puisque c'est l'éminent médecin, le puissant ministre ou l'éminent avocat qui parle, nous pensons que nous ne pouvons pas commettre d'erreur. Alors que, si nous avions pris une seule petite pause pour écouter des fois notre femme, nous ne nous serions pas si lourdement trompés et ne serions pas tombés de si haut. Nous refusons d'écouter nos femmes parce que notre caractère est incompatible aux leurs. Cette prétendue incompatibilité de caractère que nous faisons valoir est le plus souvent une fausse raison ou tout simplement notre ferme volonté de ne pas écouter. Par crainte qu'elles s'opposent à nos décisions, nous refusons de communiquer avec elles. Pourtant si nous nous rappelions que la communication est un moyen efficace pour pouvoir nous positionner par rapport à la raison, bien des fois nous aurions pu éviter la prison. Au lieu de nous engager dans nos habituels monologues, si nous prenions un peu de temps pour bien les écouter, nous aurions alors accès à de précieuses informations, nous aurions compris l'immensité de leurs valeurs, ainsi, nous aurions pu éviter, entre autres méfaits, d'être mort dans un accident de la circulation par excès de vitesse pour aller voir une concubine tandis que nous pourrions rentrer en toute quiétude à la maison au lieu de se retrouver dans une des morgues de la capitale.

Les paroles de Nicole montrent que la sagesse est sœur jumelle de la femme. Lorsque celles-ci sont fâchées contre nous c'est parce nous sommes allés trop loin dans notre incompréhension et que, pour un rien, nous leur faisons des discussions. Quelle que soit la discussion avec notre femme, faire preuve d'abnégation, d'écoute et de tolérance est, à mon avis, l'une des meilleures façons pour que tout se résolve rapidement.

Les paroles de Nicole, empreintes de bonté et d'humour, exercent une forte influence sur tous ceux à qui elle s'adresse. Elles sont cohérentes et j'ai envie de dire que ses lèvres sont purifiées par un mystère inconnu. Il est un plaisir et même un charme de regarder ses lèvres charnues qui ressemblent à deux tomates bien mûres qu'on a envie de cueillir.

Fort souvent, au lieu de contrôler nos émotions, ce sont nos émotions elles-mêmes qui nous déroutent jusqu'à nous pousser à faire de très mauvais choix, à rendre de faux verdicts suite à de faux jugements découlant d'une parodie de justice. Déroute qui cause davantage de chagrin, agrandit le fossé jusqu'à ce que la communication entre nos femmes et nous devienne radicalement impossible.

Trop souvent nous passons nos jours fériés et nos fins de semaine hors de nos foyers, parfois chez nos maîtresses dont nous ne sommes pas les seuls amants et bien que nous sachions que cela est inconvenable, nous refusons de prendre la meilleure décision.

Nous ne voulons pas cesser de simplement exister pour vivre vraiment. Nous commettons souvent l'erreur de lutter pour survivre et non pour prospérer. Le plus triste, des fois, c'est que comme Martin, nous oublions la promesse qu'on leur avait faite. Nous passons nos meilleurs moments à regarder la télévision assis entre les belles jambes charnues d'une maîtresse, nous passons nos meilleures semaines entre ses bras en train de rêver avec les yeux ouverts pendant que la radio joue en stéréo de la musique douce de Henrique Chia. Ou bien, pour leur montrer que nous sommes de fins danseurs et amoureux du rythme local, nous programmons des musiques compas sur nos téléphones et par bluetooth nous lui faisons écouter toutes les musiques sensuelles des groupes nouvelles générations. Nous passons des jours et des mois à faire de la politique surtout à la veille des élections présidentielles, législatives et municipales pendant que les stations de radio de la capitale diffusent des musiques engagées de Manno Charlemagne ou de la musique racine de Boukman Expérience.

****

Une fois, pendant que je me rendais à mon travail en transport public, j'écoutais avec peine un homme qui remplissait la camionnette de l'écho de sa voix. Il disait :

« Ma femme est nulle,

Ma femme est incompréhensible,

Voilà que je passe toute la journée au garage pour les besoins du foyer et elle ne me salue même pas quand je rentre le soir. »

Lorsque je lui ai demandé s'il l'avait appelée lui-même au moins une fois au cours de la journée pour s'informer de ses nouvelles, il m'a répondu négativement. Le soir quand il rentre, est-ce qu'il ne trouve pas la maison bien propre, la chambre principale bien ordonnée, le salon et les meubles bien arrangés, il m'a répondu affirmativement. Je lui ai dit alors : « Aidez-la à améliorer ses points faibles et commencez vous-mêmes à apprécier ses points forts ». Tous les passagers de la camionnette ont approuvé ma réflexion. L'homme a ressenti un peu de remords mais, avant de descendre de la camionnette, il a eu assez de courage pour promettre à tous de regarder sa femme sous un autre angle.

***

Comme ce passager, au lieu d'aider nos valeurs féminines à s'améliorer, nous nous contentons de les juger et de les condamner, alors que nous ne sommes pas juges. Nous sommes des avocats juristes, des professeurs éminents, des chercheurs chevronnés, des

141

penseurs et des sages mais au lieu de défendre leurs causes en cherchant une explication à ce qui nous déplait, au lieu d'étudier avec soin leur alternative et la nôtre, nous préférons nous plaindre.

Nicole aurait pu être quelqu'un d'autre, elle aurait pu avoir plusieurs cordes à son arc, elle aurait pu faire au moins les études pour l'obtention du brevet qui était considéré comme le couronnement des études secondaires à cette époque, mais le docteur laissa filer le temps entre ses doigts comme un pêcheur, un poisson qu'il tient par la queue après l'avoir sorti de l'eau. Au lieu de lui montrer comment pêcher il l'a transformée en une simple mère d'enfants alors qu'il aurait pu l'aider à donner une meilleure version d'elle-même. Il en est de même pour toutes les autres jeunes filles qu'il a rencontrées sur sa route jusqu'à ce qu'il meure, laissant soixante-quatre orphelins.

A l'instar de Mahatma Gandhi qui eut à dire : «Lorsque j'admire la merveille d'un coucher de soleil et la beauté de la lune, mon âme s'élance pour adorer LE CREATEUR», si nous pouvions voir notre femme avec d'autres yeux, si nous pouvions simplement reconnaître sa valeur, nous pourrions également dire : « Lorsque j'admire cette beauté féminine qui est assise à côté de moi, qui est couchée dans le lit à côté de moi, je remercie le CREATEUR de m'avoir donné cet élixir de jouvence qui me fait sentir si jeune malgré mes soixante-dix ans. »

Comme Martin Python, comme Assuérus le Roi de Perse, le Maire de la ville et l'époux de Nicole, dans notre orgueil mâle et nos passions animales, nous tâtonnons, nous refusons de voir grand, nous manifestons de la jalousie pour n'importe quoi tandis qu'elles, elles voient les choses d'une façon différente en visant la compagnie des immortels dans leur ligne de mire.

Nous voulons rester tels que nous avons été quand nous étions immatures. Nous gardons les mêmes habitudes de sortir et rentrer quand bon nous semble. Nos responsabilités morales, que le pasteur ou le prêtre nous a rappelées le soir des noces, deviennent une plaisanterie que nous ne voulons pas tolérer outre mesure quand notre femme nous les rappelle. Les préceptes :

1- Les deux sont devenus une seule chair,

2- L'un est la moitié de l'autre,

3- L'homme quittera ses parents pour s'attacher à sa femme,

se transforment en de vieux adages, en lettres mortes. L'expression « s'attacher à sa femme » devient pour nous synonyme de :

1-Battre sa femme.

2- Lui dire les plus sales et les plus vilaines bêtises.

3- Tirer notre épée de son étui et la décapiter.

4- La vendre au diable pour de la richesse.

5- Lui ôter la vie avec une balle de notre révolver.

Je sais que nous avons tous des difficultés pour changer nos mœurs qui nous retiennent en arrière, et adopter de nouvelles habitudes afin de pouvoir, d'une part, comprendre nos femmes et d'autre part, surmonter les forces négatives qui nous empêchent de nous diriger vers des niveaux de vie conjugale plus élevés. Mais je sais aussi que si cela nous paraît difficile c'est parce que tout simplement nous ne voulons pas oser pour ensuite admettre et pour finalement croire qu'elles ont de grandes valeurs. Si nous arrivons à vaincre ces difficultés, ce sera, j'en suis sûr, la manifestation du véritable amour.

Pour moi, comme il l'est également pour mon ami auteur Georges Bernard Shaw, l'amour n'est pas une « baleine » qui brûle, c'est une flamme que nous avons en nos cœurs, flamme qui doit se manifester par les gestes de nos mains, par le respect réciproque et la tolérance de l'un pour l'autre. Nous devons le vouloir et nous devons faire l'impossible pour qu'elle reste vivace et qu'on la laisse en héritage aux nouveaux couples qui dans le futur voudront s'unir pour la vie.

Dans un livre de Ralph Waldo Emerson dont je ne me rappelle pas le titre j'avais lu cette pensée de Mark Twain, qui me fait penser au comportement féminin. Il a dit que « le pardon est le parfum que répand la violette sous le talon de celui qui l'écrase ». Immédiatement je me suis dit que pour Mark Twain la femme est synonyme de pardon bien qu'elle soit humaine, et c'est ce qui explique que, même lorsqu'elle connaît nos maîtresses et nos plus vilaines bêtises, elle nous pardonne, elle nous considère toujours. Par contre, lorsque c'est elle qui nous trompe, ô mes aïeux ! Elle est soudain passible de mort par crucifixion, par balle, noyade ou pendaison. En un clin d'œil, nous devenons des lions enragés, nous nous transformons de tempête en ouragan déchaîné. Nous brisons tout ce que nous lui avons offert : meubles, vaisselle... Nous défonçons portes, *fenêtres, placards. Nous sommes colériques. Nous disons : « Oh ! Je lui ai tout donné, voiture, maison, bijoux, argent, voyage… enfin le ciel, elle m'a trompé. » … Nous voilà devant l'officier d'état civil, pour le divorce.*

Martin s'était trompé, sa femme Alexandra avait seulement besoin de signes d'affection, d'un peu d'attention, d'un partenaire dans ce combat difficile qu'est la vie. Elle avait besoin d'un mari amant et aimant pour qui elle était disposée à être une princesse ou une courtisane selon ses désirs. Si Martin l'avait bien compris, il aurait pu ajouter des années à sa vie et de la vie à ses années mais, malheureusement le pauvre, il n'a même pas une sépulture.

***

Parfois nous commettons l'erreur d'accuser notre femme pour une faute qu'elle n'a pas commise ou qu'elle n'a même pensé commettre. Odin reproche à Nicole de ne pas l'avoir réprimandé. Il utilise le blâme comme une façon de rejeter les responsabilités qu'il avait refusées d'endosser dans sa jeunesse, les provisions de bonheurs les plus simples qu'il n'a pas faites et pourtant qu'il aurait dû mettre au côté gauche de son bilan pour assurer son avenir. En pensant au cas de ce malheureux médecin, je crois qu'il serait plus sage de nous accuser nous-mêmes qu'avant d'accuser notre femme, et de nous interroger nous-mêmes avant de lui reprocher quoique ce soit. Je sais que ce n'est pas facile, comme François Coppée nous le conseille de le faire, car cela nous fait parfois trembler et nous laisse désarmés lorsque la vérité se présente dans toute son acuité. Mais je crois qu'il vaut mieux que ce soit la vérité qui nous impose sa loi. Si Odin s'était interrogé lui-même et s'était accusé, il ne le regretterait pas aujourd'hui avant de mourir car il saurait que la mise en accusation de soi au lieu de celle des autres est une manière sûre de savoir ce que l'on est vraiment et ce que l'on veut exactement.

Ce dépassement de soi aurait dû être en lui comme il doit être au fond de nous, tel un juge inquisiteur qui nous accuse à chaque fois que nous avons tort, si nous ne voulons pas nous complaire dans la satisfaction d'avoir toujours raison face à notre femme, nos amies, nos collègues ou à ces inconnues qui passent.

En faisant ainsi, je pense que lui, le Maire, et le Président François Nicolas Claude 1ᵉʳ deviendraient lucides. Dommage que, comme M. Pharaon Jean-Baptiste, ils n'aient pas eu le temps de vivre quelques instants de lucidité.

Si les deux compères médecins étaient lucides, cela leur aurait permis de savoir ce que valent les cœurs et les choses. Ils auraient appris, j'en suis sûr, à établir la différence entre le sexe et la sexualité et à faire choix de l'un ou de l'autre. Moi, si j'étais à leur place, je choisirais la sexualité. Sûrement vous vous demandez pourquoi ?

La sexualité, c'est la façon dont vous regardez votre femme pour lui dire « je t'aime » et « tu es toujours belle ». C'est la façon de lui parler et de lui dire « je n'existe rien que pour toi, tu es mon point de mire. » C'est la façon de la toucher avec délicatesse comme vous auriez touché une fleur et de lui dire qu'elle a un corps exceptionnel. C'est la façon de vous y prendre, par des mots magiques, pour lui faire *croire qu'elle est encore vierge même si elle vous a déjà donné trois enfants. C'est la façon de lui dire qu'elle est ce nouveau soleil que Dieu a créé spécialement en votre faveur. C'est enfin la façon de vous y prendre pour lui faire croire que vous voyez également les choses à travers la fenêtre de ses yeux. Voilà ce que c'est pour moi la sexualité qui crée automatiquement le désir du sexe, désir qui fait vibrer cette petite partie intime qui est le centre de son corps.*

***

En parlant un jour avec une amie au bord de la piscine de Mariott Hôtel elle m'a dit un mot que je n'ai pas oublié depuis. Elle m'a dit qu'aimer est un verbe d'action. Tout de suite je repense à Odin.

Odin, devenu vieux, regrette son jeune corps devenu squelettique. S'il savait que la vieillesse se mesure à l'intérêt qu'il devait porter à sa femme, ces genres de femmes qu'on ne peut pas, ou du moins, qu'on ne doit pas tromper, moi je crois qu'il aurait atteint les limites les plus reculées de l'âge. Mais cette vieillesse du corps qu'on ne peut faire reculer, que nous le voulions ou non, pourrait être, pour chacun de nous une jeunesse prolongée si on sait comment gérer notre vie. Il en serait de même pour Odin si au cours de sa vie, il était resté accroché, par l'action bien sûr, aux valeurs individuelles inépuisables, inexplorées chez Nicole. Valeurs trouvées chez Yolande Barthelemy Joly, ma mère Anne Varda, ma sœur Vardie, la femme de mon ami Kénel Massénat qui s'appelle Andrélourdes (Poupée) et, pourquoi pas chez toutes les femmes haïtiennes. Cette jeunesse dont il rêve existerait aujourd'hui encore dans son esprit et dans son corps affaibli grâce aux liens humains qu'il aurait maintenus avec sa femme pour matérialiser par des actions concrètes ce beau discours qu'il avait prononcé en son honneur ce samedi 2 juin 1957, jour de leur mariage. Ainsi je le crois, comme vous peut-être amis lecteurs, sa vieillesse ne serait pas cette brusque rupture avec sa vie d'autrefois mais son prolongement.

***

Inspiré par le philosophe et médecin indien Patanjali dans un de ses livres sur le yoga sutra intitulé « La maturité de la joie », je pense que, ce qui explique sa mort du docteur Odin avec les yeux ouverts c'est qu'il n'était pas inspiré par un grand idéal, celui de penser à sa famille afin de lui laisser un héritage. Car, lorsque nous sommes inspirés par un grand but comme celui d'aimer nos femmes, lorsque nous sommes inspirés par des projets extraordinaires et ambitieux c'est-à-dire, celui, de les respecter, de respecter leurs opinions et de considérer leurs intuitions dans nos prises de décision, alors toutes nos pensées négatives, que nous considérions comme synonymes de puissance, briseront leurs chaînes, et notre esprit transcendera les limites de notre jalousie ridicule parfois plus féroce qu'une lionne affamée en quête de nourriture pour ses petits qui meurent d'inanition. Inspiré par un grand but, notre conscience s'étendra enfin dans toutes les directions utiles et nobles particulièrement vers celles qui nous portent à vouloir vivre comme des êtres humains. Nous nous trouverons dans cette ambiance

148

vivable et merveilleuse comme celle qui règne actuellement dans ma maison où je vis avec ma femme Duna et nos trois filles Scottie, Weldine et Shekinah âgée de 8 ans et sans oublier Betty la nièce de ma femme et Coleen Cantave une autre jeune fille que l'Absolu m'a donnée pour veiller sur elle afin qu'elle soit devenue un cadeau pour sa famille et un héritage pour le pays.

Lorsque nous sommes inspirés par un grand idéal, les forces négatives qui s'activaient en nous, qui nous faisaient nous considérer comme des dieux, maîtres de la terre et de ce qu'elle renferme, rentreront en état de sommeil. Lorsqu'il en sera ainsi pour nous tous, nous découvrirons alors que nous sommes des hommes beaucoup plus grands que nous ne l'avons jamais été. Elles feront notre éloge partout où elles passent, elles diront que nous sommes des époux merveilleux et des amants élégants. La fierté sur leur visage les transformera en une sorte de forteresse que les coureurs de jupe comme Odin et le médecin vétérinaire n'oseront pas assiéger. A une époque, Odin, Martin, le Maire de la ville et Pharaon avaient atteint les plus hauts sommets de leur gloire mais ils avaient oublié de faire la conquête d'eux-mêmes. Ces messieurs ont vécu leur vie comme une feuille emportée dans toutes les directions par un souffle du vent. Ils n'ont malheureusement pas compris ce qu'est la valeur d'une femme qu'au moment où ils étaient sur le point de déchoir avant de quitter la terre.

Je voudrais que l'amour que chacun de nous porte à sa femme soit authentique et qu'il ait la longueur de notre vie, puisque notre vie se compose d'un nombre de jours non prédéfini. Je voudrais qu'à chaque instant du jour nous ayons l'enthousiasme et la fantaisie de voir les vraies valeurs de notre femme, de nos amies, de nos collègues ou de cette inconnue qui, dans la rue, s'avance vers nous. Je voudrais que nous nous rendions compte que nous les enfermions dans notre égoïsme ou dans la ridicule jalousie qui nous aveugle, qui nous empêche de voir que nos divergences d'idée sont ce qui crée la différence, cette différence qui fait de chacun de nous un être unique que l'on aime. Je voudrais que nous commencions à respecter ces spécificités, qu'elles ne soient pas des sujets de dispute quotidienne et de violence mais, que, de préférence, elles constituent pour nous une source de richesse à exploiter pour créer un climat stable.

Si nous le comprenons ainsi, nous pourrons mener une vie plus riche et plus satisfaisante car nous verrons qu'il est plutôt essentiel de courir notre propre course en assumant nos responsabilités matérielles envers nos foyers et de nos responsabilités morales envers nos enfants.

J'entends souvent dire par des hommes « <u>ma</u> femme est nulle, <u>ma</u> femme est gauche, <u>ma</u> femme est comme un clic-clac ». Je prends toujours plaisir à souligner l'adjectif possessif. Lorsque vous dites <u>ma</u> femme vous voulez dire « ma Finesse, Exclusivité, Magie, Mystère… Energie » ! Tout cela est-il vraiment nul ? »

Si tout cela est sans valeur, c'est que nous-mêmes nous sommes tellement bons à rien que nous sommes incapables de changer, corriger, construire, modeler, modifier, et même d'améliorer ce que nous sommes pour qu'on puisse nous voir dans notre vraie dimension. Cette réflexion a peut-être une dénotation mathématique.

Par le simple fait qu'il faut donner pour recevoir, je pense que nous ne pourrons jamais obtenir tout ce que nous voulons dans une relation si nous demeurons la personne que nous sommes. Pour obtenir davantage dans une relation de quelque nature qu'elle soit, nous devons nous dépasser pour donner davantage dans cette même relation. En d'autres termes, pour avoir davantage d'informations sur votre femme il faut que vous cessiez d'être des enfants pour devenir des adultes réfléchis. Alors, lorsque vous aurez atteint cette dimension, ce que vous considériez autrefois comme de gros problèmes vous sautera aux yeux comme de minuscules détails dont il ne vaudra pas la peine de discuter.

Je connais aussi des hommes qui travaillent très durs jusqu'à ce qu'ils soient vidés de toute leur substance physique dans l'unique but de se procurer des biens. Rentrés à la maison ils se jettent dans un fauteuil, regardent les journaux télévisés jusqu'à ce que le sommeil les emporte. Mais quand le sommeil tarde à venir ils ne profitent pas de ce moment pour apprivoiser leur femme avec des mots inimaginables, des mots sens dessus dessous, des mots magiques qui, comme ceux d'avant le jour des noces, font rêver et qui suscitent l'envie de faire l'amour. Ils préfèrent au contraire leur rabattre les oreilles avec le récit de leur rituel journalier. Les médecins parlent de patients qu'ils ont opérés ou de chirurgies esthétiques difficiles. Les ingénieurs exposent des chantiers en construction, et de réseaux téléphoniques défaillants qu'il aurait fallu privatiser au lieu de les réparer. Les mécaniciens parlent de garage et de moteurs compliqués des nouvelles voitures. Les militaires et les policiers discourent sur le sort des prévenus ou des bandits qu'ils ont appréhendés. Les avocats parlent de jugements et de verdicts. Enfin, nous les ennuyons tellement avec nos monologues qu'elles nous font remarquer que leur maison n'est pas un garage ni un tribunal encore moins le palais de justice.

Nous sommes parfois tellement simples d'esprit nous ne percevons pas leur remarque comme une invitation à cueillir les roses qui sont dans leur jardin intime là sous nos yeux à portée de nos mains alors que nous discourons sur des choses qui devraient rester aux tribunaux, aux cliniques. Nous nous amusons à faire prévaloir notre raison d'évoluer seulement dans le matériel. Nous leur disons que nous travaillons dur afin de laisser des biens en héritage à nos enfants. Ainsi n'avons-nous pas le temps de leur faire la cour. Nous sommes morts de fatigue, c'est à elles de nous caresser. Pas de bain de mer. Pas de restaurant dansant. Nous travaillons très tard le samedi. Pas de dîner en tête à tête le jour de son anniversaire ; ce jour-là nous rentrons tard, nous étions en réunion avec le patron. Nous oublions de la saluer à notre départ pour le travail et à notre retour, nous lui disons seulement bonsoir sans un baiser. Oh ! Mon Dieu !... Nous nous sommes mis à table. Nous oublions de lui dire « je t'aime », mais dommage, nous oublions aussi qu'aucun camion de déménagement ne suivra le corbillard avec nos possessions, nos diplômes et nos titres de propriété quand nous serons en route pour notre dernière demeure. Nous n'avons pas retenu que les seules choses qui nous égayeront le cœur quand nous aurons des cheveux *blancs et que nous serons presque aveugles, ce sont les souvenirs de ces moments heureux que nous avons vécus avec nos amours.*

Ces gens-là ne partagent jamais leurs idées avec leur femme. Ils vivent leur vie à l'envers, ils passent leurs journées à faire des efforts, à consentir de grands sacrifices pour se créer une image de Patron, de Boss, de Directeur ou tout autre titre flatteur au lieu de collaborer avec leur épouse pour comprendre que le bonheur n'est pas une situation confortable que l'on obtient mais un état que l'on crée. En un mot, le but de la vie conjugale heureuse que nous avons promise à notre épouse devant le prêtre ou le pasteur et devant la société qui nous avait honoré de sa présence, est celui de conjuguer tous les problèmes au présent de l'indicatif et de les résoudre à jamais pour le futur afin que l'amour qui nous unissait il y a soixante-cinq ans reste encore jeune comme celui de deux amants de 17 ans.

COMMENT COMPRENDRE NOS VALEURS FEMININES ?

Moi non plus, autrefois, je ne savais pas écouter. En été 1988, ma famille et moi, nous devions aller en province pour passer deux jours avec grand-mère. Etant donné que nous devions emmener également le bébé de mon grand frère qui s'appelle Raydastepha Dimanche, il fallait arranger le système de climatisation de la jeep pour le protéger de la chaleur accablante de l'été. Pour parfaire son travail, le technicien avait fait des combinaisons avec des jonctions de fils conducteurs de courant par-ci, par-là. A l'aller, nous n'avions pas utilisé le climatiseur car c'était un vendredi après-midi et le soleil était déjà à son déclin. Le surlendemain on devait quitter la province dans la matinée car il courait un bruit de coup d'Etat des militaires contre le pouvoir en place démocratiquement élu. Par prudence, on a laissé chez grand-mère à dix heures du matin et le soleil était déjà haut dans le ciel la température était de 35°C. Alors, il fallait faire fonctionner le climatiseur. A l'intérieur de la jeep on était vraiment confortable. A 10 heures 30, pendant que nous traversons la Ravine-du-Sud, au beau milieu de la rivière, le système s'est éteint, et deux secondes après, le moteur s'est arrêté et a refusé de redémarrer. Les vitres électriques sont fermées et on ne peut pas les descendre. La chaleur nous accable. Le bébé pleure comme s'il voulait nous dire d'avoir pitié de lui. Mon frère et moi, nous faisons travailler nos méninges pour redémarrer le moteur et faire sortir la Jeep de la rivière, mais en vain. De sa voix aimable et douce ma femme Duna me dit : Pierrot ! Regarde ce fil conducteur que le technicien a annexé au tuyau du réservoir de fréon, je pense que c'est ce fil qui est la cause du problème... »

Je l'ai entendu parler certes parce que j'ai deux oreilles mais, je ne me préoccupais pas de son intuition féminine. A cette époque, j'étais en troisième année de génie à la faculté des sciences appliquées. Orgueilleux comme le Roi Nebucadnetsar, convaincu de mes connaissances en physique, mathématique et mécanique des fluides, je me considérais déjà comme le maître de ces sciences. Ridicule comme le furent Odin et le Roi Néron qui ne voulaient point écouter leur femme, ce que Duna m'avait dit ne saurait être vrai. Après avoir mille et une fois essayé de faire redémarrer le moteur, nous nous rendîmes compte qu'il s'était passées deux heures de temps sans une étincelle de succès. Alors nous décidâmes de rentrer en ville à la recherche d'un technicien grâce à un motocycliste qui passait. Pendant ce temps-là, les autres membres de notre merveilleuse petite famille nous attendaient à l'ombre d'un arbre.

Nous n'avions appelé un technicien. Etant sur les lieux, il feignit de chercher à localiser le problème en déplaçant son détecteur lumineux sur toutes les parties de la Jeep, enfin après trente minutes il avoua que la panne était simple. C'était exactement ce fil conducteur que ma femme m'indiquait. Il avait une partie dénudée qui provoquait un court-circuit dans le système électrique. Si seulement j'avais écouté son intuition, si seulement j'avais compris ce que vaut une intuition féminine, si au moins j'étais un peu plus sage pour prendre une minute pour vérifier ce qu'elle a dit, je n'aurais pas dépensé cet argent pour payer le technicien. Je n'aurais pas fait souffrir le bébé. Ce jour-là, le 30 septembre on est rentré à la capitale à neuf heures du soir. Ce même soir c'était le coup d'état le plus sanglant qu'ait souffert cette république insolite la plus reculée du territoire de Juda depuis son indépendance en 1804.

Pour comprendre nos épouses, je crois que, même lorsque nous sommes Roi de l'Arabie ou des pays de la Mésopotamie, même si nous sommes tous les dieux que nous prétendons être et qu'elles ne sont que Nicole ou Cendrillon qui ne savent ni lire ni écrire, nous devons apprendre à les écouter, nous devons admettre que nous ne sommes rien de plus qu'elles. Je fais encore allusion à ma mère Anne Varda, cette belle Judéenne dotée d'une grande vision qui, après l'obtention de son brevet chez les sœurs de Sainte-Anne à Camp-Perrin, a préféré se marier avec un homme, d'une autre localité, plus visionnaire que ceux de sa localité afin que ses fils ne deviennent pas des cultivateurs ou des conducteurs de charrette. Elle avait raison, la merveilleuse Jeep que je viens de vous décrire, c'est elle qui me l'a offerte. Je fais allusion à cette marchande de bananes, de patates et de pommes de terre que j'ai connue au marché de Pétion ville, elle était confiante que son premier-né, un fils étudiant en génie civil à l'université d'Etat d'Haïti, l'aiderait avec les autres après les deux années d'études qui lui restait. Malheureusement le séisme l'a emporté. Malgré cela, comme ma mère, comme Liliane Pierre Paul, Nicole et tant d'autres femmes, elle n'a pas baissé les bras, elle continue le combat afin que le cadet obtienne le diplôme que le premier n'a pas eu le temps de lui offrir. Je fais enfin allusion à toutes ces servantes, ces lessiveuses, ces 'madames sara', qui, en Afrique du haut de leurs chameaux ou de leurs chevaux, ont une vision, celle de faire de nous ce que nous sommes aujourd'hui. Nous ne serons jamais plus grands qu'elles.

Nous nous érigeons en autorité par le simple fait que DIEU avait dit à l'homme qu'il est le chef de la femme. Mais le plus souvent, l'autorité qu'on lui impose est sans fondement puisqu'elle repose simplement sur notre commandement. Nous commettons l'erreur de lui imposer cette autorité sans qu'elle corresponde à une nécessité qui peut être volontairement admise par elle si elle ne dépasse pas les limites du respect qu'on lui doit.

J'insiste encore pour dire que nous n'acceptons pas de fonder notre autorité sur le consentement et l'approbation. Nous refusons de fonder cette souveraineté sur l'estime et le respect de nos femmes mais plutôt sur une puissance qui inspire la crainte. Pourtant, DIEU qui est l'autorité suprême ne nous demande pas de le craindre comme s'il était un méchant, au contraire il nous invite à être son ami et à établir un lien durable avec lui.

Nous jurons, à l'église, d'aimer notre femme jusqu'à la fin de nos jours. Le soir des noces, c'était la fête, nous buvions dans le même verre, mais le lendemain quand commence vraiment le mariage, nous n'avons pas pris le temps de l'aimer, nous la jugeons sans même essayer de la comprendre. Le temps qui nous est imparti pour une journée de vingt-quatre heures, moins les heures de sommeil, nous l'éclatons en mille activités contradictoires. Nous ne réalisons pas que nous sommes devenus incapables de réaliser comment cinq minutes prises durant les heures de bureau pour appeler notre femme au téléphone pour lui dire un mot d'amour, peut la prédisposer pour toi à bien dormir ce soir dans tes bras et faire d'elle ce tu voudras.

Grand DIEU ! Qui croyons-nous être ? Nous oublions qu'aimer est un verbe d'action et non un éternel discours. Aimer signifie ouverture, liberté et non contrainte. Dire à une femme qu'on l'aime signifie vouloir l'accompagner dans sa course, l'aider à être maîtresse de ses pensées, l'aider à comprendre qu'elle est la

Présidente Directrice Générale de sa vie, l'aider à suivre le courant naturel de son existence et non la dominer. Nous oublions que l'amour est une loi d'attraction synonyme d'enthousiasme et non d'angoisse. Nous voulons, le plus souvent, l'enfermer dans notre minuscule façon de voir afin de la dominer au lieu de l'aider à activer sa puissance illimitée. Quand l'amour naît entre nous, nous oublions tout de suite que l'amour a toujours été et doit rester une vertu de l'enfant dans l'adulte, qu'il y a des choses qu'il faut faire, et qu'autrefois nous n'avions pas l'habitude de faire et des choses qu'il ne faut pas faire qu'autrefois nous avions l'habitude de faire. Nous la privons de toutes sortes d'ouvertures parce que le pouvoir nous ronge. La crainte de perdre notre fierté masculine s'empare de nous quand elle veut voler de ses propres ailes.

Nous sommes férus de philosophie, bien sûr, nous sommes docteurs en physique, en théologie, nous parlons plusieurs langues telles l'anglais, l'espagnol, l'italien, le portugais et même l'arabe, enfin nous sommes très intelligents et nous nous en enorgueillissons. Mais fort souvent, par manque d'intelligence nous ratons l'autobus, cet autobus que j'appelle l'amour, que notre fiancée ou notre épouse porte au fond de son cœur, lequel nous attend avec patience à la station avant de démarrer. Celle qui nous invite à venir prendre place à l'intérieur, parfois, n'existe même pas pour nous et lorsqu'il démarre sans nous, et sous nos yeux, en direction d'une autre station, je veux dire en direction d'un autre homme qui l'attend avec des fleurs, nous lui courons après afin de pouvoir la rattraper et y pénétrer. Mais, hélas, nous sommes des tortues, nous n'avons pas la vitesse de l'autruche qui peut courir à 65 km/h, encore moins celle du lièvre. Et l'autobus augmente sa vitesse.

Par manque d'intelligence, nous laissons filer la confiance que notre femme nous inspire, nous laissons anéantir ce sentiment de protection qu'elle ressent quand elle est à nos côtés. Comme Odin, c'est à la fin de nos jours que nous réalisons qu'en amour, force et puissance sont synonymes de mirage.

Comme Odin l'a fait au cours de sa vie, nous ne recherchons pas la rencontre avec nos valeurs féminines pour nous enrichir de leur originalité et leur offrir la nôtre. Nous ne cherchons pas à provoquer la rencontre des idées pour que naissent des vues nouvelles. Nous oublions que l'absence de dialogue provoque la colère, crée les conditions de dispute et souvent la violence la plus atroce.

Comme Odin, nous oublions que l'amour doit être notre œuvre par notre tolérance, notre compréhension, notre abnégation et notre enclin à toujours opter pour l'ouverture et la liberté, mais non notre volonté d'enfermer l'autre dans notre minuscule façon de voir et de la noyer dans le fleuve de nos monologues qui inspirent souvent l'incertitude et la crainte.

Nous avons dit : « Voici la chair de notre chair. » Nous abandonnons notre foyer natal pour la demander en mariage. Nous avons juré de prendre soin d'elle comme nous prenons soin de notre propre corps. Nous avons juré sur la Bible de la nourrir et de la loger, voilà que trois ans après, nous lui déclarons une guerre silencieuse. On dirait une guerre froide entre deux belligérants du Nord et du

Sud. Nous lui exigeons de payer la moitié du loyer tandis que notre revenu mensuel est cinq fois plus élevé que le sien. Quand le loyer est presque arrivée à maturité nous ne lui parlons plus sans nous rendre compte qu'ainsi nous commençons à la détruire.

Quand je parle de la rencontre des idées qui nécessairement doit déboucher sur l'ouverture et la liberté lesquelles sont à mon avis deux atomes, je pense aussi à un autre atome que j'appelle création qui peut se joindre à eux et aussi à beaucoup d'autres tels que l'entente, le respect, l'abnégation et le dialogue pour former des molécules. Je ne parle pas de molécules chimiques mais de molécules d'amour, dans un sens imagé, afin de former une vie conjugale heureuse et de la vivre avec enthousiasme.

Nous refusons de créer, de construire et de bâtir avec notre femme alors que tout ce qu'en quoi nous plaçons nos espoirs et nos rêves s'appelle création. On obtient l'équilibre dans un mariage ou dans un flirt quand la raison et la passion cessent d'être à part inégales. Je veux dire, nous devons cesser d'aimer l'autre à 30 % et exiger d'être aimé à 70 %. Il faut que cela soit à parts égales d'abord. C'est alors que l'équilibre existera dans cette relation intime et qu'il y aura une infime partie de création et d'exclusivité dans chacun de nos actes pour égayer la journée de l'autre. L'équilibre, une fois maintenue, tout le monde sera content de nous voir unis et sera aussi étonné de nous voir comme deux enfants insouciants parce que tout simplement les gestes de l'un envers l'autre auront la spontanéité de notre imagination.

Après avoir répertorié ces mille et une faiblesses masculines, je réalise que, si je continue à fouiller, je découvrirais toute une montagne de faiblesses que nous les hommes, nous devrions corriger afin de mériter l'amour de Nicole, Agathe, Esther, Vasthi, Tatiana, Marguerite, tous ces merveilleux personnages réels et fictifs que je viens de vous dépeindre. De même, ces femmes actuelles de grande valeur que nous côtoyons tous les jours au marché, au bureau ou ailleurs, si nous pensons être supérieurs à elles, que ce soit dans le verbe ou dans le geste, c'est que nous ne les connaissons pas vraiment. Mais je suis sûr qu'en finissant de lire ce livre, vous admettrez qu'elles et nous sommes de valeur égale car, le Christ, notre Seigneur et notre constructeur génétique, en Qui et par Qui toute chose existe, a démontré l'égalité des sexes en pardonnant à Marie Madeleine de Magdala que, nous les hommes, avions condamnée.

***

Amis lecteurs ! Je termine ce livre. Le docteur médecine Odin Joly est mort. Le Maire, le Président, Pharaon et le mari d'Alexandra sont tous morts. Mais Nicole, Agathe, Tatiana, Marguerite, Sophonie et Fabius sont encore vivants. Fabius a l'air un peu triste. Il dit : « Je regrette ma vie. Je regrette amèrement que je vais laisser la terre sans avoir construit ma vie »

Moi aussi, je suis fait de chair et de sang. Parfois, je chancelle autant que vous. Je suis trop petit pour m'ériger en défenseur de ces êtres de valeurs. Nous ne vivons pas assez pour profiter de nos fautes et pour corriger nos faiblesses car, tous, nous

161

sommes toujours en train de faillir. Tout ce que nous pouvons faire de mieux c'est de leur offrir ce que nous leur demandons en retour. Elles sont des êtres qui ont également des émotions, des désirs et des doutes, des êtres qui ont beaucoup de qualités, une infinité de dons et d'impulsions. Enfin, tout ce que l'on peut faire, c'est de cesser de voir en ces femmes qui sont nos sœurs, nos collègues, nos amies et nos épouses, seulement un corps féminin, mais ADMETTRE ET OSER CROIRE qu'elles sont de précieuses *Valeurs féminines.*